孔子

一路颠沛的圣人

钱宁 著

生活·讀書·新知 三联书店

Copyright © 2025 by SDX Joint Publishing Company.
All Rights Reserved.

本作品版权由生活・读书・新知三联书店所有。
未经许可，不得翻印。

图书在版编目（CIP）数据

孔子：一路颠沛的圣人 / 钱宁著. -- 北京：生活・读书・新知三联书店，2025. 1. -- ISBN 978-7-108-07915-2

Ⅰ. I25

中国国家版本馆 CIP 数据核字第 2024AZ2429 号

责任编辑　李静韬
装帧设计　赵　欣
责任印制　卢　岳
出版发行　生活・讀書・新知 三联书店
　　　　　（北京市东城区美术馆东街 22 号 100010）
网　　址　www.sdxjpc.com
经　　销　新华书店
印　　刷　河北品睿印刷有限公司
版　　次　2025 年 1 月北京第 1 版
　　　　　2025 年 1 月北京第 1 次印刷
开　　本　889 毫米 × 1194 毫米　1/32　印张 8.25
字　　数　182 千字
印　　数　0,001－5,000 册
定　　价　49.00 元

（印装查询：01064002715；邮购查询：01084010542）

"高山仰止,景行行止。"虽不能至,然心向往之。

司马迁:《史记·孔子世家》

目　录

新版序言　/ 1
自序　　　/ 3

开 篇　尼山 / 1

第 一 章　鲁 / 5　　　第 二 章　父母 / 14

第 三 章　卫 / 22　　　第 四 章　兄弟 / 29

第 五 章　匡 / 36　　　第 六 章　公卿 / 44

第 七 章　蒲 / 52　　　第 八 章　野民 / 63

第 九 章　曹 / 69　　　第 十 章　夫妇 / 78

第十一章　宋 / 85　　　　第十二章　智者 / 91

第十三章　郑 / 97　　　　第十四章　弟子 / 103

第十五章　晋 / 110　　　第十六章　贤臣 / 119

第十七章　陈 / 127　　　第十八章　乐师 / 137

第十九章　蔡 / 142　　　第二十章　贼子 / 148

第二十一章　叶 / 154　　第二十二章　君王 / 161

第二十三章　楚 / 165　　第二十四章　诸侯 / 174

第二十五章　卫 / 180　　第二十六章　小人 / 190

第二十七章　鲁 / 197　　第二十八章　友朋 / 210

　　终　篇　圣人 / 215

书中人物 / 224

附 录　一　孔子的殷人意识 / 231

　　　　二　"子曰"之谜 / 234

　　　　三　为什么"不亦乐乎"？ / 237

　　　　四　《论语》的三重语境 / 239

　　　　五　颜回的逻辑 / 242

　　　　六　宰予的挑战 / 244

　　　　七　由"仁"入"圣" / 247

　　　　八　不敢言"圣" / 249

　　　　九　孔子的激进 / 251

　　　　十　《论语》中的三个小人物 / 254

　　　　十一　"耳顺"新解 / 256

　　　　十二　孔子退休 / 259

新版序言

小说创作之时，孔子是一个备受冷落的"不合时宜"者，如今新版问世，孔子又已成为"圣之时者"。

孔子还是那个孔子，是我们"与时俱进"了。

小说以孔子周游列国为主线，以身边人物的关系为副线，写出了他执着于理想的一生。对话依据《论语》，情节多出自《史记》。写作的初衷，正如书中《自序》所言，"看他经历了许许多多失败后，仍不肯放弃，心中有一种莫名的感动"。

孔子周游列国，可谓"一路颠沛"，且颇具象征意义——挫折、落寞、困顿、孤独、追杀、牢狱、疾病、饥饿、死亡，几乎所有人生考验都在其中了，而在周游了十四年之后，他仍然没有机会实现自己的理想。

不过，孔子的"一路颠沛"并非没有意义。他告诉我们，这世上有些信念，可以超越现实的成败得失，值得一生坚守。

小说2004年6月曾以《圣人》之名由作家出版社出版，同时在《新民晚报》副刊《夜光杯》连载，后被译成日文、英文，并改编为电视连续剧《孔子》。

这次新版，除了一些文字修订，还增加了十二篇短文作为附录，都是关于孔子和《论语》的，有些寓教于乐，有些寓乐于教，希望有助于读者理解书中的人物和故事。

这本《孔子》，和《新论语》《〈论语〉纲要》一起，构成了我的"孔子系列"，又使本书的新版有了特别的意义。

钱　宁

2023年12月30日

自序

在一个追求时尚化的年代,写孔子的故事,多少有点不合时宜,好在孔子本人就是一个不合时宜之人。

读者也许会问,为什么要写孔子呢?答案是,孔子让我感动。读司马迁《孔子世家》时,看他经历了许许多多失败后,仍不肯放弃,心中有一种莫名的感动,几乎不在乎他到底要坚持什么了。

像"五四"时代以来的大部分青年一样,孔子不是我的偶像,儒学礼教更不是我的向往。如今虽不再年轻,自以为也还没到要去尊孔的年纪,只是有了一些阅历后,深知圣人为之不易,同时也懂了,只要坚持,人人都有可能成为圣人。

孔子所以成为圣人,在我看来,是他能终身坚持一种信念。人类在历史长夜中,没有信念,一定会走失,尽管信念本身,就像火把或灯光,其自身的光亮,与茫茫黑夜相比,实在微不足道。但我真的相信,正是因为有了信念——想去陆地生活或是想直立起来行走——我们的生命才发生了基因突变,成为人类,并一点点地进化。

小说中有些"大话",像写《秦相李斯》一样,有时忍不住开了一些现代玩笑，但书中人物，以及史实、情节、言语，不敢自夸"无一字无来处"，至少"俱是按迹循踪，不敢稍加穿凿"。

书成之日，附庸一句风雅，曰："知我者，谓我崇圣；不知我者，谓我嘲孔。"其实，本书之意，不在崇嘲之间。

钱　宁

2003年12月30日

北京

开篇　尼山
（公元前551年）

那是二月初二，民间称为"龙抬头"的日子，落日时分，鲁国都城东南几十里外的野山中，传出了一个年轻女子的尖声叫喊。

那叫声突兀、急促又柔细，断断续续、高高低低，混杂着惊恐和愤怒，充满痛楚与兴奋，锐利地划过寂静的旷野。薄暮中，那一份厚重而完整的苍茫，玻璃似的一下子破碎了。

那声音是从大道旁的一座小山里传出来的。山不高，在一片起伏的丘陵中兀自突起，因山势峻拔，草木葱郁，有些巍然气势。

在一片树影枝叶的摇曳晃动间，隐约看到的，是一个男人裸露的脊背。

"愿上天保佑，给我生一个儿子。"那男人说，直起了那肌筋显露的脊背。这是一个有些年岁的男人，肤色黝黑，鬓发斑白，但身体壮硕，仍充满雄悍之气。

他从地上扯起一件褐色袍衣，披到身上。那是一件将军穿的战袍，上面绣着虎豹，又缀满甲片。

林中草地，一片压平的残枝败叶上，铺着皮甲，上面躺着一个少女。她长发散乱，衣衫零落，身体赤裸，那还没完全发育的身躯，蜷缩着，像尚未开放的花苞，透着娇小柔弱。青白的肌肤，满是湿泥黏土，又沾着青草和枯叶。

她双手掩面，嘤嘤哭着，哭声幽怨、低回，像是刚才的叫喊耗尽了她的气力。

二月天气，太阳一落，林间就隐隐有了潮潮的寒意。几天前刚刚下过雨，一些不知名的野花随意而零星地开着。山野四周是沉沉暮霭，正像雾一般在弥漫聚合。天色在不知不觉中黑了下来。

"上天怎么会保佑呢？"她哭声渐大，又开始放声悲泣，"做下这样的事儿，上天怎么会保佑呢？"

"上天有灵，"男人说，"就让你为我生子。要是有了孩子，我就来娶你。"

那男人站起身来，系好长袍，披上甲衣，整了整发冠，转头向山下望去。山下是一条通往都城的大道。道旁的一棵树上拴着一匹马。今天城中有庙会，他赶去进香，敬天祭祖，祈福求子。庙会之日，就是求偶寻欢之时，男男女女，对歌群舞，在野外做些狂放的事儿，为的是传宗接代，想来祖宗高兴，老天也不该怪罪。

"做下这样的事儿，会遭天打雷轰的。"她抽泣不止，哭得有些声断气绝。

男人听得不耐烦了，说："怎么会呢？有灾有祸，我一人受着就是了……"

话音未落，只见一道白光，在山巅耀目一闪，又向空中射去，直指星斗，将昏天暗地霎时照得白昼一般，四周景物，瞬息闪现,如雕似刻,历历入目。接着,一声巨响,像是霹雳,又似闷雷,从厚土深处炸开,向原野四方轰鸣着,滚滚而去。天地惊呆了似的,牢牢定住,然后隆隆晃动起来。一时,山摇谷陷,石断岩裂,江腾河颤,地覆天翻,世间万物似乎要在这瞬间一起毁灭。

"天呀!它来了……"少女止住了哭声,爬起身来,跪下,低头,闭上眼睛,双手合在胸前,默默祷告起来。她满是泪痕的脸上,不见一丝惊慌,反倒有了几分安宁,仿佛企盼已久的事情终于来了。

男人站在那里,目瞪口呆,满脸惊骇之色,吓得说不出话来。他膝盖一软,"扑通"一下,也跟着跪了下去。

大地剧烈晃动着,好像永远不肯停下来了,要摇到天塌地陷。

黑暗中,那少女突然向空中用尽气力喊道:"上天啊,要来就冲我们俩来吧!将来千万饶过孩子呀!"

那喊声冲向夜空,像光融入黑暗,消失在无边无际之中。

摇晃着的山峦一下稳住了,颤动着的原野也倏然不动了,四周的一切,迅速重归于昏暗和寂然。

那神色慌乱的男人,拉拽着那衣衫乱裹的少女,慌慌张张地跑出树林,一路跌跌撞撞,直奔山下。

到了山脚,男人回头望了望身后的小山,只见山顶,一股红褐色烟柱腾空而起,直冲苍穹,缭绕盘升,化成无数幻象,似柱似楹,似麟似凤,缓缓向虚空散去。峰巅之上,树木尽焚,岩石裸露,在浓浓夜色中泛出幽幽的白光。

"这是什么山?"黑暗中,男人问,语气里带着余悸。

"尼丘。"少女回答。

许多年后，七十多岁的孔子，在鲁国的家中修订《春秋》，看到如下记载：

> 襄公二十一年：春，鲁地震，在都城东南五十里尼丘。天惊石破，山摇地动，火熔其巅，林木尽毁。从此山岩裸露，泥土不存。

这段记载后面，还有大量文字，都是有关此事的村野传说。孔子斟酌再三，将其一一删掉。删完之后，本想加上几句，墨汁正好干了，无法增添一字。他唤了几声，屋内屋外，竟无弟子答应，长叹一声，就搁了笔。后来，发生了一些别的事情，这《春秋》再也没能编写下去。

第一章 鲁

（春秋　鲁定公十三年）

孔子端坐堂上，像一座小土山似的，巍然不动，目光直视前方，面色凝重，神情悠远。

堂下，弟子们在等候。门外的车马备好了，只待一声吩咐，便马上可以启程。

堂内寂然无声，气氛悲凉。几十名弟子，满满站了一屋子，一色的儒生打扮：高冠，深衣，束带，佩玉，系剑。众人神情紧张，一齐望着堂上端坐不动的孔子，目光中流露出焦虑、困惑和不安。站在最前面的是颜渊，个子不高，看上去单薄瘦弱，正侧身而立，手拿刀板，像平时一样，做好同声记录夫子言语的准备。他旁边站着子路，堂堂七尺大汉，脸红髯黑，鼻隆嘴阔，左手握剑，右手攥拳，气势豪迈，表情激愤，正焦躁万分，几番欲言又止。子路身边是子贡，身材颀长，脸色白净，像是富家公子，一身丝绸新衣，鲜亮光闪，昂着头，不时望望屋顶，神态有些超然。后面一排，站着一些年长资深的弟子。有颜路，是颜渊的老父，夫子门下最早的弟子；有曾点，他和儿子曾参同在孔门；还有公冶长，年纪不大，但老成持重，是夫子的女婿。再后面则是一些年轻弟子，有樊迟、子夏、子张、子游，还有曾参、公西华、颜刻。最后一排，站着司马牛、高柴、公伯寮……躲在角落里的是宰予，悄悄打着呵欠，一副睡不醒的样子，正偷空眯着。

府外，十多乘马车沿街排开，车车载满了物品。有的堆着谷粮米面，有的捆着衣服被褥，有的塞满了日用杂品。后面的几车里，摞着整箱整箱的竹简，都是知识和学问，格外沉重，压得那几匹驾辕的马，不时鸣嘶几声，像是对生活不公的抱怨。

已是正午时分了。大家处于这样整装待发的状态，有一两个时辰了。

"夫子，上路吧！"说话的是子路。弟子中间，他最勇武，也最鲁莽，"我们还等什么呀？"

"噢，等等，"孔子说，惊醒了似的，"再等等。"

夫子在等什么呢？下面的弟子中，几乎无人知道。

他在等祭肉，在等鲁君送祭肉来。

祭肉就是咸肉，但不是普通的咸肉，而是祭祀时献给神灵祖先们享用的咸肉。这种咸肉，选料要精，刀功要细，腌制的时间要特别长。

他真是在等咸肉吗？不，他是在等鲁君的幡然悔悟。

今天是郊祭的日子，鲁君要去城南郊外，参加祭天大典。祭祀结束，按照惯例，那些献给上苍的熟肉食品，虚应一下故事后，会分赐给大夫们享用。如果鲁君参加了郊祭，祭肉就会送来；如果祭肉送来了，说明鲁君心里还记着他；如果鲁君心里还记着他，说明鲁国的事还有可为。

"祭肉送来，不管多少，哪怕一小块儿也好。"孔子喃喃地说，像是自言自语，也像是在告诉下面的弟子们。

他望着前方，目光似乎越过了堂屋、庭门和院墙，投向了极远的地方。恍惚之间，他仿佛又置身于那个祭祀盛典之中。这是一个不断出现在自己梦中的场面——百官们盛装饰容，表情肃穆，排成长长的队伍，整齐而又寂然无声地走着，沿着长长的石阶，缓步而上。走在最前面的司仪，是一个身材敦实、面容周正的男子，凛然威仪，迈着沉稳的步子，正领着众人，三步一揖，五步一拜。一队人高低起伏，进退顿挫，规律而壮观。石阶通向山顶，那里矗立着一个高大的殿堂。云雾飘浮之中，可以望见殿门敞开着，里面是巨大的梁柱。梁柱之间，是一个高高的祭台。祭台前，摆放着各种青铜祭器，祭器上刻着饕餮之像。香雾缭绕，鼓乐低回，饕餮之兽，隐隐跃动……祭台上，被祭奠者端然坐在那里，脸部隐在阴影中，叫人无法看清面容。

阳光灿烂而寂静，自天上倾洒直泻，又像是轻纱滤过一般，明媚而无暖意。远处，是四方的田野、笔直的河流、规整的城池和安居乐业的百姓……眼前的景象，是如此的熟悉和亲切。这是周朝，他心里一片透彻。前生前世，自己一定在这里生活过。

他常常这样一次又一次地梦回周朝。自己一生的抱负，就是要让这周之盛世重现于中原大地。

今天是他主政的百日，也可能是最后一天。他没有穿绣着彩色黼黻图案的玄色朝服，也没有戴四花分瓣的司寇之冠，而是换上了布衣儒衫，宽袖博带，方巾束发。

三个月前，他受鲁君之命，以大司寇之职，代行相事，参与国事,执掌鲁国朝政。多年来,他一直修身齐家,从无治国平天下的机会,到了五十五岁,才终于等到了这一时刻。受命之日,他春风满面,喜气洋溢,掩饰不住心中的高兴,进门时,连门人也看出了他满脸洋溢出的幸福,开玩笑地说:"君子祸至不惧,福至不喜。夫子怎么会喜形于色啊?"一向不苟言笑的他,这次忍不住和门人打起趣来:"话是不错。我满面笑容,也许只是平易近人吧?"

执政第一天,他颁布了几项重大法令,一是有关市场经济,上市的猪、羊,一律实价买卖,禁讨价还价;二是有关以德治国,街上的男女,一律分道而行,禁携手同行;还有一项涉及外交政策,凡各国宾客来访,无论是邀请还是自来的,一律由当地官府接待,好吃好喝,有接有送。法令一出,国人都笑了,说他治国,是农贸市场的水平,街道居委会的眼光,旅行团导游的本事,管着猪羊,盯着男女,还要哄着外国人高兴。这些怪话,最早是从一个叫少正卯的人那里传出来的。这少正卯也是一个读书人,只是心达而险,言伪而辩,设坛讲学,教坏了不少青年。他叫人把少正卯抓了起来。手下的人来问:"杀不杀?"他说:"为政,焉用杀?教育为主。"他一向认为,不教而杀,乃虐杀,实为恶政之首。可惜,这少正卯不肯接受再教育,在狱中,触墙身亡。后来,社会上谣传,说是他杀了少正卯,他相信谣言自破,没有辩白,不想后人将此事载入史册,删也删不掉了。好在少正卯一死,怪话没了,国人也不敢笑了。

没有人懂得他的用心。那些颁布的法令,表面上看,零乱杂碎,互不关联,背后却有着一个深刻的治国理念。以德为政，收拾人心；以礼为本，规范言行，是治国之大道。他一心想要将鲁国建成一个仁义之国、礼仪之邦，为天下立一典范，使各国诸侯自愧，尽弃征伐，重兴礼乐。

若不如此，又怎能重现周之盛世呢？

周朝，令他迷醉而向往。那是一个由圣贤规划出来的社会，基于天理，合乎人性，一切既有秩序又充满和谐：尊卑有序，礼制森严；君臣和睦，家国不分；父母慈爱，兄弟无仇；夫妇相敬，孩童友爱；财货弃于地而不藏于己……天下为公，举世大同。

天下本应如此，也该如此。这就是大道。

只是，鲁君的祭肉还没有送来。

鲁国之政，看起来简单，说起来复杂。鲁国虽说是鲁君的，却由三家公卿来治理。这三家公卿是季孙氏、孟孙氏和叔孙氏。三家都是当年鲁桓公的宗亲，也就是当今鲁君的亲戚。鲁君袭了诸侯之位，三大家族就轮流执政，也算是一种政协制度。

如今，当权的是季孙氏的季桓子。季桓子五十多岁了，执政多年，屡经磨难，但喜欢吃喝玩乐的本性不改。几天前，齐王心怀叵测地叫人送来了齐国舞女八十人，彩马一百二十匹，说是怕鲁君过于忧国忧民，让他娱乐娱乐。为了让鲁君知道这份厚礼之厚，齐女和彩马在城南高门外公开预展十天。顿时，城里空街空巷，高门外万头攒动。齐女穿着轻纱罗裙，跳艳舞热身；彩马一身斑斓毛色，跑环场娱众。季桓子先是微服混在人群里，看得如醉如痴，后又私访了几次，觉得还不过瘾，因是微服私访，别人不让，挤不到前头，自己个子又矮，看得不够真切。于是，他就拉来鲁君，以观礼为名，搞了一个专场。鲁君一看，也如醉如痴，连着观赏三日，竟不理朝政了。

今天是郊祭之日。孔子不信，鲁君会为了观齐女艳舞和看彩马腾跃而忘了祭天大典。如果祭肉送来了，就说明鲁君参加了郊祭；如果鲁君参加了郊祭，就说明鲁君还是明君；如果鲁君是明君，心中就不能光有齐女和彩马，还应该有社稷和国家。

现在，正午时辰已过，鲁君的祭肉还是没有送来。

大堂内仍是静悄悄的，几只苍蝇"嗡嗡"飞着，门外偶尔有几声马嘶。

突然，一阵细碎的玉佩叮当声响，接着是越来越急促的脚步声。弟子冉求从外面跑了进来，一头汗水，脸上红扑扑的。

"祭肉送来了吗？"孔子欠起身子，急切地问。

"没有祭肉。鲁君根本没去郊祭，"一向沉稳的冉求，此刻却慌慌张张，"正在城南高门外，看齐女表演艳舞呢，还有彩马跑圈……"

"什么？！没去郊祭？"孔子颓然坐下，气得脸色发红，"郊祭都不去了，郊祭都不去了。"

"那些齐女真漂亮，"冉求气喘吁吁，还在说，"八十多人，都是魔鬼身材，舞姿妙极了，没穿什么衣服，只披着薄纱，什么都看得见……"

"求！……"孔子叫了他的大名，口气严厉。

冉求赶紧捂住嘴，知道自己太兴奋了，说多了。他人年轻，才二十多岁，但从师早，已是资深弟子，加上为人聪明，脑子灵活，学东西快，六艺之外，还会琴棋书画、吹拉弹唱，又会办事，平时深得孔子的喜爱。他一直在季府做事，官场上下，混得烂熟。

"还看到什么？"孔子的语气缓和了下来，淡淡地问，似乎不太在意的样子。

"鲁君坐在城上，左拥右抱，搂着两个齐女，喝花酒呢，说郊祭改期就是了。"

"还有呢？"孔子又问。

"还有，季孙大夫也在那里，也搂着一个齐女，还对鲁君说……"

"说什么？"

冉求犹豫了一下，声音小了下来："还说，还说，别理会司寇大人，说夫子是一个书呆子，哪里懂得美女的妙处。"

孔子的脸又涨得通红。

"那些彩马，"冉求看了一眼孔子，继续说，"也真奇了，匹匹毛色油亮，纹色鲜艳，不知是不是天生的……"

"一定是后来描上去的。"下面的弟子中，有人瞎猜。

孔子听不见冉求后面说的话了，那话音仿佛从远处飘来，又飘走了。他慢慢站起身来，看着下面恭立多时的弟子们，愣了一会儿，轻声说道："启程吧。"

他知道，自己该走了，也只能走了。为了重振君威，他早已得罪了季孙、孟孙、叔孙三氏，现在又失去了鲁君的信任。鲁国是待不下去了。

他离开了座位，向大堂门口缓缓走去。那一刻，弟子们都吃惊地感到，夫子一下子老了许多，步履不稳了，背微微驼了，神态有些茫然，体内充满着的活力，好像在那一刻突然消散了。

行到门口，孔子站住了，回过头来，又问冉求："你真的看清楚了？在城南高门？"

"是的，夫子，我亲眼看到的。"

深秋时节。阳光淡淡的，散在地上，不成人影。风"呜呜"地吹着，树上枯枝摇曳，满地落叶飞舞，尘土一阵阵地扬起来，又落下去。

孔子登上了马车，扶轼而立，像往常一样，身子站得笔直。

"启程喽——"

为孔子赶车的是子路。他放开嗓子，吆喝了一声。这吆喝声，很快就从第一辆马车传到了最后一辆马车。

"啪！"一声鞭响，两匹辕马，同时向前奋蹄，两轮毂辐，一起"嘎嘎"响了起来。车子动了。

"夫子，我们去哪儿？"子路问。

孔子蠹立不动，默然无语。他只知道该离开了，可并没想好要去哪里。

"邦有道则仕，邦无道则行，"他叹着气说，像是回答子路，又像是安慰自己，"天下诸侯，总会有人用我。只要用我，一国之治，期月而已，三年一定有成！"

"夫子，我们到底去哪儿啊？"子路又问。马车走到了衢道的岔口。

孔子看着子路，恍惚间明白过来，子路是在问路，茫然四顾了一下，叹了一口气，说："西行吧！"

一队车马，在一片人呼马嘶的嘈杂和木轮"吱吱"的声响中,掉头向西,逶迤而行。

快到城关西门时,孔子喊道:"停!"

子路一惊,赶忙收紧缰绳,勒住了马。

"向东,"孔子说,"出东门。"

子路也不多问,掉转马头,立即东行。后面的车队也转了弯,跟着向了东。

车队出了东门,走了二十多里路,在一座荒岭前停了下来。那岭虽荒,却沿峦而起,临河而立,在山环水抱之中。

孔子下了车,独自向山上走去。山顶,野草蔓道,杂树横生,满目苍凉。在山的北麓,有一个墓。

他走到墓前,"扑通"跪下,磕了一个头,伏地不起,许久,才立起身来,大声说道:"爹,娘,儿走了。"

第二章 父母

（编年：孔子七岁）

"娘，我有爹吗？"颜氏听到孩子问，心里微微一惊。

昏暗的小屋里，一灯如豆。仲尼正在灯下用小手捏着一个泥鼎。把鼎捏好了，他用削尖的树枝，在鼎底上刻上一个"丘"字。

"丘"是他的名字。

壁前的条案上，摆满了各种用泥捏成的祭祀器物，有鼎，有鬲，有俎，有豆，还有盘和盂。大大小小祭器的阴影，随着烛火闪烁，在空空的泥墙上面，变幻着不同的形状，如同鬼怪魑魅，又似卡通动画。

"你当然有爹。"她在窗下织布。织机"吱吱"响着，"嘎"地停了一下，接着又"吱吱"响了起来。"他死了。那时你还小。"

她望着这孩子，心里酸楚起来。他把刚捏好的泥鼎，小心地放到案上，又将一些碎石子，大的如桃，小的似枣，高高地堆置于一个盘中，当作祭品。她知道，他在供奉自己的父亲，暗自叹了口气。

这孩子生下来就让她忧心。他长了一个大脑袋，头顶隆

第二章 父母

起,中间却凹下去一块,像一个天坑,到了七岁,还没能封顶,叫人担心他的大脑会不会有什么先天性损伤。

更叫人放心不下的,是这孩子的孤僻。行为举止,虽没什么异常,但好像离正常总是有那么一点儿距离。他从小寡言少语,连啼哭也很有节制,三四声而已,从不过分。他平时不爱到外面去耍,喜欢一个人待在家里自己玩,而百玩不厌的游戏只有一个,就是祭拜。五岁那年,她带他看过一次村里的祭祀。不想,这孩子从此着了迷,天天在家里搞仪式。他用泥捏了很多祭器,在案上摆放起来,然后,模仿着行各种祭礼,跪了起来,起了又跪,拜天拜地,祭神祭祖。

她知道他早晚会问起自己的亲爹。有一天,她看到巷里一群孩子围着他,冲他齐喊:"有爹没娘,家中孤娃;有娘没爹,田间野瓜。"就是自那天起,他不再和邻里的孩子们一起玩了。

没爹的孩子命苦。

颜氏手中的织机,"吱吱"响动得越来越慢。她刚刚二十三岁,姣好的容颜,本该焕发着青春的光泽,却过早地透出了苍白的憔悴。

窗外是一弯新月。远远地,可以听到一两声狗吠。低矮的小屋,在一条窄巷的尽头。巷子在都城墙外,因靠近阙门,被称为阙里。四年前,她一个人带着三岁的仲尼,离开了家乡,进了都城,搬到这里。

"爹葬在哪里?"仲尼将豆里灌满水,像供上酒一样,又问。

"我不知道。"颜氏说,"干吗问这事?"

仲尼抬起头,看着母亲,眼睛亮亮的:"那娘死时,我该

15

把娘埋在哪里啊?"

一个梭子被缠住了,织机"嘎"地卡住了。颜氏的心隐隐疼痛,一时说不出话来。她望着仲尼,眼泪"唰"地流了下来。七岁孩子的心里,惦念的竟是这样的事。

孩子他爹死了五年多了,没人告诉她,他埋在哪里,葬在何方。他死的那天,他们母子就被从家中撵了出去,族里的人不认他们母子。

她想起了那个初春的日子。那日子已如此遥远,随着岁月流逝,心里剩下的,只是一团杂乱的记忆。那些灿烂斑驳的印象,逐渐褪了色,而一种凄悲的感觉,像雨雾一样,四处散落又一片模糊,冷冷地潜伏在心底。

她记得那天是二月初二,"龙抬头"之日,据说,就在那天,神龙醒来,抬头升空,兴云行雨。从此,春回大地,万物复苏。

她的青春是从那天开始的,但也在那天结束了。

她记得那灿烂春光。阳光从天上暖融融地洒下来。晨雨后的清新,带着青草味道和泥土芳香。湛蓝的天空,远处一抹青黛,是凤凰山起伏的峰峦。

她,一个农家女孩,站在自家院子的门前,在一群满院乱跑的鸡鸭中,笑盈盈地望着门外大道上的人来车往。大道往东,通向都城。她还从未去过都城。那年,她十六岁,还有自己的名字,叫征在。

这里离陬邑不远,陬邑属鲁国昌平乡,昌平乡距都城有百里之遥。

他骑着一匹大马,从西奔驰而来,一身盔甲戎装,气势昂昂,威风凛凛。那马飞奔到她面前时,猛地前蹄腾起,昂首一声长嘶,把她吓了一跳。他勒住了奔马,在马上冲她笑了,她也笑了,心里无缘无故地高兴起来。他问她,想不想骑马去都城玩?今天那里有庙会啊!她想都没想,就点了头,那一刻,她脸红了,正好一阵春风吹过,赶紧用手捂住了脸。那天为什么会答应跟他走呢?她自己也不清楚,也许她喜欢他骑着骏马的威武样子,也许太想去都城的庙会看看,也许只是那天春光太撩人了。

她没有来得及跟父母说上一声。父亲是乡里有名的士绅,家教很严。她想,就去一会儿,马上就会回来。

她骑上了他的大马,坐在他的胸前。马儿在大道上飞奔起来,风从耳旁"嗖嗖"掠过,大道两旁的树木向身后急闪。她的裙衫飞扬起来,她的身子飞扬起来,她的心也飞扬起来。

她感觉到他厚实的胸膛,还有环抱着自己的粗壮臂膀,以及他浑身散发出的暖暖气息。她还记得的是,他头盔的缨穗不时拂触着她的耳朵,让她痒痒得忍不住"咯咯"笑个不停。

城里的庙会,人山人海。她从来没见过这样热闹的场面:人们载歌载舞,尽情欢娱,还有舞龙的、划旱船的、骑竹马的、踩高跷的、表演杂耍的,一片喧闹欢腾。

她玩得高兴,忘了时间,快到傍晚时,才想起回家。

回家的路上,经过路旁一座小山时,他勒住马。她知道,那山离家不远了。

他说,上山歇息一下吧。

在树林中的草地上,他脱下皮甲,让她躺下。她兴奋得有些晕眩,满脑子里还是彩旗艳幡,响锣急鼓。他又脱下棉袍,盖在她身上。她感到了棉袍上的体温,也嗅到了浓浓汗味。

太阳慢慢落山了。斜射进树林的阳光越来越淡。不时,有几声鸟鸣,回荡在空空的山野间。

后面发生的事情,无论如何努力,她都回忆不起来了。记忆里面好像有一个黑洞,所有细节都被吸了进去,消失在无意识的深邃之中,留在脑子里的,只是强光般的空白和一些斑斑点点的感觉。

有时,她恍惚觉得,是自己飘浮在晕眩里。在一个温暖的怀抱中,身子像是在马背上飞奔,越来越快,渐渐腾空起来,向远处的山峰飘去,变成了一朵云,慢慢散开,散开……

有时,她恍惚觉得,是他突然狂暴起来,把她紧紧抱住,按倒在地上。她挣扎着,手推脚踹,而他像猛兽一样,力大无穷,怎么也推不开。她感到下衣被撕开,头被裙服罩住,身上压着的是他巨石一般沉重的身子……

好像又都不是。她隐约记起,是他在自己面前跪下,拉着她的手,说:"给我生一个儿子吧!"他告诉她,家里的妻,没有为他生下一男半女;娶了妾,生了一个儿子,却落下了跛脚之疾。他年过半百了,想要一个儿子,要一个健康壮实的儿子。他说:"你一定能生出一个好娃来。"她被这句话感动了,一下子什么都不顾了,也什么都不怕了。

终于,在落日时分,她疼得叫出了声。

她躺在那里,从迷乱中渐渐清醒过来,心里充满了羞愧。她不知道自己到底做了什么,只感到犯下了罪孽,将来逃不脱上天的惩罚。

上天的惩罚,很快就来了。

第二章 父母

当她带着满月的婴儿找到了他。这时,她才知道,他姓孔,名纥,又叫叔梁,人称叔梁纥,是陬邑的守城将军。他勇武过人,力大无穷,一次攻城之役,曾用双臂撑住悬门,让兵马长驱直入,成为乡里的英雄。

怀孕的时候,她没有去找他,也没有告诉任何人这肚里孩子的亲爹是谁。躲在家中,她要忍受父母的抱怨和责怪;出门在外,又会被村里人讥笑。她不敢把孩子生在家里,临产那天,就躲进了尼丘山下的一个山洞里,在那里偷偷生下了这孩子。

孩子生下来后,她才去找他。她要让他知道,她给他生了一个儿子。

当孩子抱到生父面前时,她见到的已不是那个当年跃马驰骋、身姿矫健的将军了,而是一个须发皆白、百病缠身的老人,躺在榻上,虚弱得支撑不起身子来了。衰老的病容让她几乎认不出他来了。他那曾托起悬门和环抱她的粗壮双臂,如今又瘦又细,肌肤萎缩,发黑溃烂。

她心里一片幽黑,像那个夜晚,充满了惊恐。她知道这是上天的惩罚,他逃不掉,自己也逃不掉。

"给娃起个名字吧。"她在床榻前跪下,双手托起哇哇哭着的婴儿。

他睁开了浑浊的眼睛,侧过头来,看着自己的儿子。那男婴止住了哭声,也睁开小眼,好奇地望着自己的父亲。

"好,好,儿子,儿子,"他气虚声弱地说,好像挺高兴,顿了一会儿,问道,"那山叫什么来着?"

"尼丘。"

"尼丘？好，这娃就起名为丘，小名叫尼。他是老二，就字仲尼吧，"他剧烈地咳喘起来，歇了一会儿，又说，"长大后，让他照顾好大哥，别让人家欺负。"

他再也没能从病榻上起来。来年开春的一个深夜，长年累月咳喘不停的他，突然不咳不喘了。家人过来一看，见他四肢摊开地躺在床上，一动不动，赶紧用手放在鼻前试试，他没有一丝气息了。

他死的那天，她抱着不到两岁的仲尼，离开了陬邑的孔家，回到昌平老家。孔家的大娘施氏，不许她参加葬礼，后来也没人告诉她，人埋在了哪里。孔家的人不愿收留他们，当然更不想将来让她和他合葬在一起。

家里父母双亡，篱院破落，草屋尘封。乡里老屋住不下去了，她带着三岁的仲尼，再一次去了曲阜都城。在城西南的一个小巷尽头，寻到一间依墙搭建的小屋，孤儿寡母，便在那陋室中，过起了艰难的日子。

她靠织布为生，拉扯着仲尼，看着他一天天长大。她心里一直想着那逃不掉的上天惩罚，不知什么时候就要落到自己头上。她静静地等着，只求上天能够放过仲尼。

缠住的梭子解开了，织机又开始"吱吱"地响动起来。

那边，仲尼把一个木片削成的牌位端端正正地摆放在祭案上，上面没有字，她知道，这是他为父亲做的牌位。

她没有再和孩子提起他的生父，她想忘记他，这孩子却记着他。

几年后，她得了一场急病，人就像一朵残花一样，迅速枯萎了下去，眼见着不行了。

临终前,她把仲尼叫到跟前,"儿呀,娘不行了,以后照顾不了你了。"说着,泪水流了出来,"记着,千万别做伤天害理的事儿。"

"娘,你不能走。"仲尼紧紧抓住母亲的衣襟不放,好像这样她就走不掉似的。

"还有,你有一个兄长,叫孟皮,是你世上唯一的亲人了。"

"娘,你的病能好,一定能好。"仲尼哭了起来。

"儿啊,娘挺不住了。死后,把娘随便埋了就行了。"

"不,我要让娘和爹葬在一起。"仲尼哭喊着,"告诉我,爹埋在哪儿?"

颜氏无力地摇摇头,没有回答,就闭了双眼。

第三章 卫

（春秋 鲁定公十四年）

与卫灵公的第一次谈话，并不投机，孔子深感沮丧。卫灵公一见面，便问他遣兵布阵之事，特别问他对回字双矩阵和品字三三阵的看法，让他甚为尴尬。他知道，宋有"鹅"阵，郑有"鱼"阵，楚有"荆户"之阵，卫有"支离"之阵，但回字双矩阵和品字三三阵，却从来没听说过，沉吟了许久，他才字斟句酌地回答："军旅之事，未尝学也；不过，要是问祭祀时，祭器的摆放，人员的站立，礼仪的程序，我还是听说过一些。"接着，又是一段难堪的静默。后来，还是他打破了静默："治国凭仁德，若无仁德，国得之，亦会失之；有仁德必有礼乐，若无礼乐，民从之，亦会违之。俎豆之事，祭祀之礼，显仁德，兴礼乐，意义深远……"说着说着，他停了下来，发现卫灵公望着窗外，全神贯注，顺其目光望出去，只见天空中正飞过一群大雁，排成一个"人"字形，向南而去。卫灵公发觉自己的失态，赶紧收转目光，回过神来，堆出笑容，说："说得好，说得好，是人字，哦，不，是仁德，仁德……"孔子知道自己应该告辞了。

诸侯中，无论是年纪还是资历，卫灵公都是最老的。七十

第三章　卫

多岁的人，脑子虽有些糊涂，但身体老当益壮。在位近四十年，国家虽治理得不太好，但从政经验极为丰富。他问孔子布阵之事，倒并非有意为难，而是弄错了对象。那天，除了见鲁国宾客外，他还要见一个齐国大夫，两位晋国降将。访客一多，就弄混了。当时，齐、卫联手，一起讨伐晋国。邯郸一带，正有战事。大家都在猜双方的阵势，想赌一把输赢。

自离了鲁国，孔子师徒数十人，一路西行，直奔卫国。周边国家，齐是敌国，自然去不得。莒、滕、曹、宋，实在太小，去的人多了会挤不下。楚、秦、晋、燕，有点太远，怕一时走不到。吴、越之间，战事连绵，路不好走，去了就要当难民。算来算去，最好的去处只有卫国。

一到卫都，就感觉帝丘城里的气氛，有些诡异。

卫灵公老了，身后之事早在别人的算计中了。宫里朝中，隐隐有了两派，渐成水火之势。太子蒯聩，册立多年，根基渐深，羽翼日丰，身边更有一批拥戴者，俨然形成了太子党。他年轻而位尊，位尊而气盛，目中揉不得沙子，自然更不会有人，为此得罪了不少朝中老臣。夫人南子，是宋国美女，也是太子的后娘，美艳惊人，又有思想，是集美貌和智慧于一身的珍稀之物。她嫁到卫国的时间不长，但在年迈的卫灵公跟前，凭着娇嗔俏骂，情挑柔笑，耳鬓厮磨，枕边递话，其影响力与日俱增。加上她善解人意，有求必应，对太子怀恨的朝臣和四方求官的客卿，一时蜂拥而至，争入门下，成了夫人帮。卫国的国事，渐渐由她在帷幄之中运筹了。

孔子走时匆忙，到了卫都，宫中没有疏通，城里无所依托，只能先在子路妻兄颜浊邹家里落脚。颜浊邹是个屠户，每日在集市上杀猪卖肉，做得久了，有了威信，时常替人安排摊位，调解纠纷，不免也收些费用。他生性偏好热闹，吃饭又喜人多，更难得的是，对读书人有一份天然敬意，见子路带着博学多闻的夫子来家，又跟着来了一大群识文断字的士子，十分欢喜。晚上，他亲自杀了一头猪，备下几席酒菜，招待客人，又特地开了一坛肉糜，说是子路平时最爱吃的，一同飨客。

当晚，颜家腾出了侧院，把众人安顿下来。院子不大，房子也小，但打打地铺，几十个弟子倒都能睡下。只是几辆马车让人犯难，马无厩，只好拴在院里，当庭拉屎，时有臭气冲鼻；车无棚，只好停在街上，任日晒雨淋，日子一长，漆落色暗，木朽铜锈，不成样子了。

后来，这颜浊邹受了文化熏陶，竟要拜夫子为师，入门当弟子。孔子知其资质尚缺，又有江湖背景，有些犹豫，可转念一想，在人家这里打扰多日，好吃好喝，怎好意思拒绝？再说，自己一向主张"有教无类"，多些各行各业的弟子也应无妨，想想就决定收下。颜浊邹日后虽未入七十二贤人之列，却也是三千弟子之一。他跟夫子学《诗》，第一首"关关雎鸠"很快就背了下来，但总把那句"窈窕淑女，君子好逑"，错成"君子好毬"。别人纠正，他还不改，以为"好逑"不对，"好毬"才说得通。

卫灵公不久派人来探询，问孔子在鲁时的俸禄是多少。孔子虽然一直教导弟子们，君子谋道不谋食，却也深知，君子无食，自然无法谋道，便如实回禀，说自己在鲁的年俸，是粟米六万。卫灵公也不讨价还价，立即如数奉上。六万俸粟，在鲁国时，是自己一家三口吃用，日子过得还宽裕，现在有几十张嘴要填，且皆是壮丁，不免有些拮据。

谒见卫灵公，谈话无结无果，让孔子一筹莫展。卫国朝中，旧识有大夫蘧伯玉，是一个君子，为人行规举直，外圆内方，可惜，几年前过世了，帮不上忙了。弟子中，有人建议去见太子蒯聩，有人主张打通夫人南子那里的关节，但他以为都是旁门，不是正途，万万走不得。他坚信，求仕谋官，讲究的是温、良、恭、俭、让，最好是让国君自己悟出你是人才，请你来当官，反复谦让之后，才能应允，好像是力有不逮，勉为其难。当然，这一套慢一点，容易错过机会。如今，时兴直截了当，见面自荐，伸手要官，但这官也该当着国君之面来要，不可背后做些动作。这是起码的君臣之道，也是基本的组织原则，不容变通。再说，宫里情势复杂，关系交错，见了太子，就会得罪夫人；见了夫人，必然得罪太子；真是有门有路，也不知如何走投。

他心中着急，常常一人在庭院中，长嗟短吁，嘴里喃喃自语："只要用我，期月而已，三年有成，三年有成啊！"这期月就是十二个月，也就是一年。他一向对弟子们说，君子如椟中美玉，善价待沽，总会有识货之人，不用着急。不想，自己放在货架上数月，没有买主，卖不出去，成了滞销产品，难道自己先要等上三年不成？

院中有棵老榆树，树干高大，繁枝万千，不经意间，满树绿叶，飘然落尽，只剩枯枝向天。秋风又起了。

在卫国的日子，不用屈指，算算快要一年了。

闲居无事，孔子除了与弟子们谈学论道之外，便是用心读《易》。这些年来，他觉得自己已将人世间的道理穷尽。大道之义，简单明白，浅显清晰，不知为什么，君王就是不信，诸侯就是不听，到处行不通呢？难道大道之行，真有待于天命吗？为了探究天命，他便开始学《易》。《易》书不好懂，从五十岁时开始读，读到现在，还没通读一遍，仍在琢磨"乾卦"之辞"元亨利贞"的含义。

探究天命之秘，世上原有三大奇书。一是伏羲氏时，有龙马跃出黄河，背负奇图，伏羲氏见了，没去帮妹妹女娲补天，而隐居深山三年，仰观俯察，苦忆追思，画出了"八卦"，世称"河图"；二是大禹治水时，有神龟浮出洛水，背刻奇数，大禹见了，辞了治水疏河的工作，入家门不出三年，刻甲画骨，计筹算数，编出了"九畴"，世称"洛书"。可惜，这"河图"和"洛书"，失传已久，世上留下来的，仅剩《易》书一部了。这《易》书，据说是周文王，根据"河图"和"洛书"，一分为二，合二为一，三位一体，融会贯通而成，为后人留下窥天的一点线索。后世之人，想要领悟天道，如今只有学《易》一途了。

读《易》之余，孔子练习击磬。这磬是玉石制成的乐器，悬于架上，按音阶排列，用木槌敲击，乐音清亮，韵味悠远。他以前跟乐师学过弹琴，也吹过笙，敲过鼓，现在又迷上击磬，一到午后，便"叮叮当当"地敲个不停，像是有人在装修。

那日午后，孔子正在堂中击磬，奏的是一首名为《龟山操》的旧曲，有思乡怀国之意。一曲未终，忽觉窗外有人，立即停了下来，叫子路出去看看。一会儿，子路回来了，说是一个农人，背着土筐，路过这里，被磬声吸引，便站在窗外，听夫子击磬。他问，那农人听后说了什么没有？子路回答说，那

第三章 卫

农人见我出来,就说,磬音悦耳,就是敲得不太连贯,击磬人好像有心事。说完就走了,头也没回。

他听了,心里觉得蹊跷,说:"这个农人不寻常呀!"

子路挠挠头,说:"是和一般农夫不一样,眉清目秀,脸也白净,一身布衣蛮平整的,背着的土筐,也崭新崭新的。"

正在这时,卫灵公的近臣公孙余假登门。这公孙余假是来嘘寒问暖的,随身带来了一些兵丁。寒暖问完了,公孙余假走了,带来的兵丁却留下了,在院外守着,说是加强警卫。从此,弟子们出入,全要被盘问一番。

孔子见状,心里微微一沉,知道这叫"监视居住"。刚才那窗下听他击磬之人,大概也不是什么农人,说不定是便衣。难道卫灵公对自己有所猜忌?还是宫里有人进了谗言?或是鲁国季孙氏不想放过他,要借卫灵公之手害他?想想卫国不是久留之地,还是早日离开为好,不然,说不定什么时候就会获罪。恨的是,一时没有脱身之计。

他闭门谢客,终日不出,连磬也不击了,怕是隔墙有耳。弟子散了一些,各自谋生,少些聚众嫌疑。好在子路还守在身边,寸步不离,危急时,虽说未必能以一当十,多少还能拳打脚踢。

子路姓仲名由,是当年自己在街上捡回来的野孩子。当年,这孩子流落街头,露宿巷尾,面黄肌瘦,破衣烂衫,每日摘树上野果、捡菜市烂叶,充饥果腹。他见可怜,就收下为徒,供他衣食,教他识字。不想,一个羸弱瘦小的野孩子,吃糠咽菜,几年后,长成了七尺壮汉,生得肩宽腰圆,膀大臂粗,力大无穷,勇猛异常,真叫人觉得,人不可貌相,特别是对小孩子。

子路长大成人后，好行侠仗义，最大的梦想，就是和朋友们一起，驰车马，衣轻裘，大碗喝酒，大块吃肉。待到车坏了，裘破了，买酒买肉的钱花完了，也不心疼，只是大呼几声："痛快！痛快！"他以为那就是夫子所说的"大同"境界了。他读书不上心，脑子不肯多用，学业上，与时而不能俱进，登堂而不能入室。他自己似乎也不急着入室，觉得与其让夫子个别辅导，不如待在大堂听大课自在，在底下可以摩拳擦掌，跺脚踢腿。孔子见他好武，就叫他跟随自己，当了保镖，只是不时以"君子动口不动手"的道理教育之。子路虽小夫子九岁，因有养育之恩，一直视师如父，为了夫子的安危，完全可以不顾自己的生死。

　　有了子路追随左右，孔子就再也听不到别人的恶言恶语了。以前，师徒一行人，高冠宽衣，大领阔袖，在曲阜街上那么三进一退地一走，免不了招来一些围观闲人，连嘘带哄，有讥有骂，更有甚者，扔些瓜皮梨核什么的。如今，子路豹眼一瞪，熊掌一攥，闲人们多半会噤若寒蝉，到了嗓子眼的恶言恶语，也不得不憋回肚里。

　　那天深夜，孔子刚刚睡熟，梦见自己又回到周朝，站在祭祀队伍里，正随着那身材敦实、面容周正的司仪，缓缓走向高高的祭殿……忽然觉得有人在揪自己的衣袖，要把自己从队伍里拉出来……猛地惊醒，一看是子路，当时有些慌神，以为卫国兵丁要冲进来抓自己，赶紧翻身起床，满地找鞋子。子路一把扶住他，低声说："夫子，鲁国家里来人了，说您大哥孟皮死了。"

第四章　兄弟

（编年：孔子十七岁）

孟皮倚着门，远远望见仲尼向这边慢慢走过来。十七岁的仲尼，身材瘦高，一时长宽还未成比例，像细细的竹竿，架着一件宽袖礼服，在那边晃来晃去。那衣服不像是穿在他身上，倒像是他人躲在衣服里。他又戴着一个高冠，颤颤悠悠，人更显高挑细长，走在哪里都是景观。他循着墙根，踏着小步，笔直而行，两脚总是踏在一条直线上，像是T台上的猫步，但走三步，就会停一停，小步挪移一阵，急趋向前，像鸟儿展翅滑翔，同时，抬臂抱拳，向左右两边频频作揖，然后，鞠躬到地，俯身片刻；又走三步，再趋前，再伸拳臂，左右作揖，再躬到地，躬得更低，俯的时间也更长……如此这般，走走停停，俯俯仰仰，人一直在墙根下磨蹭着，半天才向这边移过来一点点。

孟皮心里替他着急。他知道仲尼在按照礼书上的要求走路呢，出门贴墙根儿，走路踮脚尖，行进要碎步急捯，双臂齐甩，还要屏住呼吸，保持一脸庄重，不时提一下腰带，甩一下衣摆。作揖时，双肩端平，两臂伸直，目光远视，郑重其事；鞠躬时，先仰后俯，直折曲偻，起伏有致，不胜惶恐。仲尼说，祖先习的就是这套礼规。当年，先祖正考父在宋为官，受命为国卿，一日爵位三擢，趋步上庭，谢恩三次，一鞠三弯腰，越折越弯，越躬越低，层次分明，一丝不苟，最后头触庭阶，伏地不起，观者无不叹服，留下所谓"一命而偻，再命而伛，三命而俯"的佳话。这种官场礼数，平时不练，到时还真做不下来。孟皮心里也敬佩，只是觉得，仲尼还年轻，长大了能不能当上官，还说不好，现在苦练这些基本功，似乎早了点。

孟皮也想走礼步，但没法练。他脚跛，平时走路倒是俯仰有序，只是不太中规中矩。

因为腿瘸，大家都叫他孟跛，跛字不好念，又复杂，不知是念白了还是图省事，慢慢就被叫成孟皮了。父母早亡，家中败落，无人为他正名，就这样叫开了。

他从小孤苦伶仃，并不知道自己还有一个亲兄弟。

三个月前，仲尼站到了他面前。

"哥，我是仲尼，"仲尼站在那里，高高瘦瘦，嶙嶙岣岣，"我是你弟。"

孟皮一惊，有点手足无措。当时，他正在斫木头，努力想把一个树根整成一个凳子，一只手举着斧子，一只脚踩在树根上，见了个子高高的仲尼，手想放下来，怕斧子砸着脚；脚想放下来，怕立姿不雅，一时动弹不得，就继续保持着斫木头的姿势。家里破败了，他读书不成，外出做事又有限制，就学了木工手艺谋生。好在木工活，无论锯劈砍剁，都在家里，腿脚不好也不碍事。

"我娘死了，"仲尼一身白孝，粗麻丧服，衣袖和下摆没有

第四章 兄弟

缝边儿，拉着一根根葛麻粗线，"娘死前，让我来找你，说我只有你这个亲人了。"

"听说了，你娘的事，还有你。"孟皮说。

这一阵，陬邑的人都在说，一个城里孝子，将母亲的灵柩从城中运出，停放在城外大道的路口拐角，浮厝在那里，一放就是十多天。街上人来车往，看到一个孝子日日端坐棺前，喝稀粥而餐，枕土块而眠，守护母亲的灵柩，叹息的叹息，落泪的落泪，纷纷感动不已。不过，日子一长，这棺木老这样当街放着，周边邻里的人不免有了议论，说是人死了，还是早一点入土为安。可不知为什么，那孝子死活不肯让母亲入葬。众人渐渐气愤起来，说没见过这样的孝子，只顾自己做样子，根本不管老娘死后的感受。

孟皮没有想到的是，这孝子竟会是自己从未见过面的兄弟仲尼。

"早一点把你娘葬了吧！"孟皮说着，将脚从树根上放了下来，在瘦高的仲尼面前，立即觉得自己矮下去了一大截。"要不，我帮你打一口好点的棺材？"

"我要把娘和爹葬在一起。"

孟皮看着仲尼，不知该怎么回答。他五岁时，父先死，大娘后亡，生母不久也去了，家就败落了。府里仆僮四散，剩下一个老妈子带着他，留在破败的老宅里。幼时情景，像宅里壁上的雕画彩绘，模糊不清了，只留些残痕淡印。他也不知道父亲埋在哪里。

"仲尼，我不知道爹埋在哪里，"孟皮说，怕仲尼不相信，又说，"要知道的话，我就告诉你。"

"哥，你得告诉我。"

"我真不知道，"孟皮心里着急，说，"知道的话，我现在就带你去。"

仲尼站在那里，一动不动，眼里噙着泪。

"哥，我只能求你了，找不到爹的墓，我没法葬娘，我答应过娘，"仲尼说，"要是娘不能和爹葬在一起，那她算是谁家的人呢？"

孟皮不说话了，觉得仲尼说的有道理。

"娘不能和爹葬在一起，在我，就是不孝，"仲尼低下头，痛苦地说，"人以孝为本，父母生时，事之以礼；死后，葬之以礼。爹死得早，生时，无法事之以礼；死后，又不知所葬；仲尼不能尽孝。现在，娘去了，若不能与爹合葬，又是仲尼的不孝。人而不孝，何以为人呢？"

孟皮听了这番话，更觉得句句在理，只是道理一多，听得有点晕。他不太懂以孝为本的道理，但觉着自己不能害得仲尼做不成人啊。

"大家都说，入则孝，出则悌，"仲尼继续说，"哥，你是我的亲兄弟，也是我在世上唯一的亲人了。你不帮我，我还能找谁呢？"

孟皮有些感动，说："仲尼，不是哥瞒你，哥真不知道。哥那时也小，记不得了。大娘先去了，我娘也死了，家里就没人管了。她们埋在哪儿，我都不知道，更不要说爹了。"

说着，孟皮哭了。

仲尼见了，叹了一口气，也流下泪来："我已不孝，再不能不悌了。哥，让你为这事犯难了。我还是自己守着娘的灵柩

第四章 兄弟

吧,附近总会有人知道爹当年葬在哪里。"

仲尼规规矩矩行了一个礼,转身走了。走到门口,孟皮叫住了他:"仲尼,要不你去找找当年的乳娘?她那时在,也许,她知道爹埋在哪里。"

几天后,仲尼又来了。他满脸蒙尘,浑身是土,一身纯白孝衣已变成灰麻土布了。在几十里外的山里,他找到了孟皮的乳娘。老奶妈六十多岁了,半聋半瞎,却清楚地记得孟皮的爹就埋在城东三十多里外的防山一带,临着一条河。

三天后,仲尼找到了父亲的墓,把母亲颜氏葬了下去。

这时,仲尼终于慢慢走近了,远远地在施礼。因为葬母之事,兄弟俩亲近了许多,但见面时,仲尼的礼节还是从不马虎的。

孟皮见他今天衣冠楚楚,觉得奇怪,就问:"仲尼,怎么穿得这么整齐呀?"

仲尼说:"哥,我刚行过冠礼,是成人了,怎么能不注意仪表服饰呢?礼义之始,就是正容体,齐颜色,顺辞令,备服饰。容体正,颜色齐,辞令顺,服饰备,而后礼义立。"

孟皮知道仲尼的道理多,怕他又讲起来没完,就赶紧岔开问:"你这急急忙忙是去哪儿呀?"

"去赴宴。"

"赴谁家的宴啊?"

"赴季府的宴。"

孟皮听了差点被吓着。这季府是鲁国的公卿之家,季府的主人季武子是鲁国的执政。季府的饭是随便吃得的?

"人家会让你进门吗?"孟皮担心地问。

"季府请的是读书人，我读过书，当然在被邀之列了，"仲尼自信地拍了拍腰，说，"你看，都带上了，说不定能用上。"

仲尼腰上，像系裤带似的，缠着一圈东西，一片缀一片，串在一起，如鳞似甲。他一路走过来时，孟皮就注意到了，因为那东西老往下掉，走几步，仲尼就像提裤带似的，把它们向上提一提。

"这是些什么啊？"孟皮好奇，伸手去摸，发现是一片片竹简。

"圣贤之作。"仲尼回答。说着，又小心地向上提了提这腰上的物件。

孟皮敬畏地把手缩了回来，他不识字，觉得竹片上的弯弯字符比木头上的圈圈纹路难懂多了。兄弟识文断字，让他感到骄傲，只是仲尼书读多了，脑袋里净是一些他不懂的古怪念头。

"仲尼，哥劝你一句，"孟皮认真地说，"我们庶民百姓，别往富贵人家那里凑了，人家看不起咱们。"

仲尼笑了："哥，怎么会呢？人家不会看不起我们。我查过书了，孔家也是世族，历代为卿。先祖可以追溯到宋厉公之兄弗父何，在宋国，一直是大夫。说起来，我们也是公卿之后。"

"那是先前的事了，"孟皮说，"我们以前是阔得很。"

"哥，我不是羡人家的荣华富贵，也不是馋人家的鸡鸭鱼肉，人读了书，懂了道理，就是君子。君子心里要有社稷，不能光想着自己。我去赴宴，是想有机会拜见季孙大人和四方名士，探讨一些治国安民的大事。"

孟皮听了似懂非懂。他记得上次仲尼找他时,说人以孝为本,不然,就做不成人了;现在可以为人,他又想当君子了。追求的层次显然是高了,自己跟不上了。

"我看,还是学门手艺实在。"孟皮说。他一直劝仲尼学驾马赶车,总觉得那好歹是一门手艺。学好了,说不定将来有机会到季府里赶赶马车什么的。

"哥,君子是国家栋梁之材,谋道不谋食。栋梁之材,哥,这你懂,你是木匠。"

孟皮不懂什么是栋梁之材,他瞅了一眼脚下那个树根,心想,自己只知道什么是板凳之材。

兄弟俩说了会儿话,仲尼便匆匆告辞,循着墙根,继续磨蹭着前行,兴冲冲地去赴季府的大宴去了。

第五章　匡

（春秋　鲁定公十四年）

匡城不远了，前面可以看到矮矮的城墙了。城墙东南处，有一缺口，是几年前鲁师破城的残迹，因一直无钱修复，便作古迹保留起来了。时间长了，缺口墙砖的缝隙，已杂草丛生，野花四开，更有一些生命力顽强的小树，横生乱长，全不管在什么地方。

不知为什么，望见那城墙缺口，孔子隐隐有种不祥之感。他一生喜欢规整齐全，东西有了残缺，总让他心里不舒服。

匡城是卫国属邑，方圆不过十里，人口不到一万。邑城虽小，但体制健全，四套班子，各司其职。大家吃喝拉撒，全在城里，闭关锁国，自得其乐，既不思对外开放，也不想出城发展。对过往行人，总是百倍警惕，以为都怀有不可告人之心。

这里是由卫赴陈的必经之路。

两天前，孔子只带着颜渊等几个弟子，在卫兵换岗之际，乘着夜色，一个个溜出后门，跳上备好的马车，悄悄离开了卫都。子路一人留下，待天明时，代夫子向卫灵公呈简辞行，说是亲兄亡殁，连夜奔丧，来不及告别了。此时，师徒们已经出卫国边界了。

第五章 匡

马车在土路上颠簸着,忽上忽下,时跳时跌,一路飞尘扬土。孔子像往常一样,扶轼而立,不肯坐下,身子站得笔直,尽量不随车身而摇晃,目不斜视,直望前方,保持着君子应有的正直姿态。

一路上,他在想孟皮。兄弟之间,虽是异母,却兄弟情深;志趣不一,但互敬互爱。孟皮身有残疾,人无大志,只能拉锯截木,抡斧劈柴,做些力所能及之事,养家糊口,一生倒过得平平安安。人如草木,几度春秋,自荣自枯,终享天年,就是福分了。不像自己,以天下为己任,到了花甲之年,仍奔波于途,诉求于人,竟无一个安身之所! 不知者,一定以为自己汲汲于功名利禄呢。

为了大道行于天下,自己一生艰难,想着想着,心情不禁悲壮起来。

他现在要去陈国。陈君闵公即位不久,年纪尚轻,喜新好奇,估计还能接受一点新思想。陈国是小了点儿,但只要肯用自己,他想,期月而已,三年总会有成的。

赶车的是弟子颜刻,一路上神采飞扬。他年纪小,不满二十岁,入门也就一年多。在卫都颜家小院里憋久了,现在有机会到外面跑跑,自然兴奋,一个劲儿地甩鞭,将那辕马抽得蹦蹦跳跳,一路飞驰,把颜回等人的车乘,远远甩在了后面,看都看不见了。近了匡城,他不走城门,反而加鞭疾驰,向那城墙缺口冲去,还用鞭子指着那缺口说:"我们当年就是从这缺口杀进城的。"

话音未落,一声马嘶,只见奔马昂然直立,两蹄腾空,然后重重摔了下去,四腿屈地,车子也随着先抬后俯,前晃后摇,"嘎"的一声停住,辕轭触地,舆輢横散,左轮脱毂,右轮折辐,车身更是斜到一边,伞盖扯裂四开,像一面破旗似的飘荡着。此刻,颜刻早已摔出车外,跌在车前的一个泥潭里,浑身满脸,一片黏稠稀烂;而车上的孔子,几番俯仰,数次磕碰,死死扶住车轼,总算没有摔下车去,最后,兀然立在散了架的车上,身子虽有些歪斜,但依旧是直立姿态。

正在惊吓之中,忽听四周一片欢呼之声:"抓住了!抓住了!"

孔子茫然四顾,眯眼环视,只见城墙缺口上下,四处是举刀持棒的匡人,马车被团团围住,进退不得。马车刚才显然是被匡人设的绊马索绊倒了,摔了一个名副其实的"大马趴"。

孔子是见过大场面的人,但这种阵势,还是头一次遇到,心里不免发慌,后悔将子路留在卫都,身边少了一个抵挡。

"老贼,想不到也有今日吧?"说话的像是一个守城将领,穿着盔甲,手中的长矛直顶孔子的前胸,"当年的旧账,这次可以了结了吧?"

孔子听了,完全不得要领,赶紧在车上施礼,拱手作揖:"在下乃鲁国大夫,初涉贵地,不知有何冒犯?……"

"抓的就是你这鲁国老贼。"那匡人将领喝道,"不知有何冒犯?当年,破我城池,烧我房屋,杀我壮丁,淫我女子,抢我粮食,现在装作不记得了是吗?"

孔子听了,仍然摸不着头脑,说:"知之为知之,不知为不知,在下实在不明将军所言。"

那匡人将领哈哈笑起来,用长矛指了指泥潭里的颜刻,说:"你和这小子当年不就是从这缺口冲进城的吗?过两天,将你们一齐斩首，把你们的首级挂在这城墙上，到时你就会慢慢记起来的。"言罢，喝道，"拿下！"

几个兵士冲上来，不容孔子分辩，把他拉下车来，乱绑了一通，又和泥猴一样的颜刻拴在一起，一前一后，拉着扯着，押往监狱。一路上，观者如堵，欢声雷动，竟似游街一般。在这非常时刻，孔子尽量保持神色不变，态度凛然，脚下磕磕绊绊，步伐仍然不乱，停顿有致，急缓分明，因双手被绑，不能向两旁围观人群施礼，只好点头致意。

两人被关进了一间黑乎乎的牢房。

到了狱中，孔子静下来一想，觉得事情奇怪，其中必有误会。自己没有得罪过匡人，不知是在替谁顶罪。一时难以辩白，无法脱身，心里着急。想想死倒不可怕，可怕的是这样名不正、言不顺地死掉。这时，他才发现后车上颜回等人也都不见了，不知下落，不明生死。心想总是凶多吉少，不免又多了一分担忧。

一关就是五天，没人来审，也没人来问，好像只待行刑。

到了第五日傍晚，牢房里突然送来肉汤，汤上居然还漂着几片肥肉。孔子见了，知道明日就要行刑了。平日只有粗糠窝头，无羹无菜，更不见半点肉星，死期到了，伙食所以改善。这些日子馋了，孔子也不管有没有明日，先享用起肉汤，一边喝，一边感叹说："匡人还算知礼，懂得临终关怀。"

正喝着，忽见一个人，反绑着双手，被推搡进来。定睛一看，不是别人，却是颜渊。

"我以为你死了，不想，你还活着！"孔子又惊又喜。

"夫子还在，我哪里敢先死呢？"颜渊诚恳地说。原来，他在后面一辆车上,见前面车翻了,又被匡人围住,知道出事儿了,立即掉转马头往回跑,急驰了一天一夜,赶回卫都,找到子路等人,让赶紧想办法,在朝中找人,把夫子救出来。想想这边放心不下,自己又急驰了一天一夜,赶回匡城,自投牢狱,要求和夫子关在一起。

"明天就是刑期,你何必回来送死呢?"孔子说。

"要死,也和夫子死在一起。"颜渊说。

孔子听了,心里感动,眼睛有些潮湿,仰天长叹,说:"天意若在,我不该命绝于此。当年,文王拘于羑里,幸免于难,大道所以彰显于世。当今,天下知大道者,不就是我一人吗?如果我死了,天下就会失去大道;如果天下不想失去大道,我就不会死。天命如此,匡人奈何我不得。"

颜渊听了,觉得十分重要,想找刀板,记录下来,将来编入夫子语录,可随身带着的刀板,早被匡人搜去,牢里没有了,心里着急,便将夫子之言先暗暗默诵了几遍,牢记在心。

"来,正好赶上开饭,一起吃点东西。"孔子说着,分了半碗汤给颜回,又掰了大半个饼,"吃了几天牢饭,才知道你当年在陋巷,每天瓢饮箪食,日子真不容易。"

颜渊笑了:"我是受过苦的。跟了夫子,才有好日子。就是一起坐牢,也是享福。"

孔子听了,心头又热,眼睛再一次潮湿了。

这颜渊生下来就是孔门弟子。他父亲颜无繇,是当年和自己一起在季府里当差的小伙计,开坛授徒后,就成了门下最早的一批弟子。听课时,他常把吃奶的颜渊抱来,说是让娃娃从小受点熏陶,长大了自然会成为君子。果然,不负老父一片苦心，颜渊禀赋奇特，绝对异于普通孩子。生于贫寒之家，长于陋巷之里，他日子过得艰苦，常常饥饱不定，今天一箪食，明日一瓢饮，从小就落下一个营养不良，身子单薄，面色苍白，右脑发育还迟缓，动作反应不够敏捷，但智力超常，闻一知十，过目不忘。更为可贵的是，他内有向仁之心，自然生长，几乎不用培养。幼时，一听到"仁"字，就会"咯咯"地笑个不停，手舞足蹈。稍大，他爸听说发育时吃啥补啥，就拼命喂他果仁，像杏仁、桃仁之类，积极食补。十五岁那年，他正式拜师。入门后，好学不倦，刻苦努力，常常夜里不睡觉，一人坐在院外，借着守夜的烛光，捧简诵读，通宵达旦。他求师问学，更有过人之处：一是全面，只学不问，片语只言，一句不漏，全当真理；二是坚决，紧跟夫子，亦步亦趋，不前不后，不左不右。这使得他很快就在一群弟子中出类拔萃起来。

那一夜，师徒二人并排睡下，因牢内狭隘，两人错着躺下，都蜷着身子，颜渊更是连腿都不敢伸直，怕梦中蹬着夫子，冒犯了师道尊严。颜渊年轻，平时失眠，如今因能与夫子共生死，心中无憾，倒头便睡着了。孔子年纪大了，往日心忧天下，却无碍睡眠，今夜思绪万千，想想自己就要只有昨日，没有明天了，不免心中悲凉。一生抱负，就这样糊里糊涂地在这里了结，心里实在有些不甘。说起来，他还从未好好想过死的问题。当年，子路曾问过他人死之事，他避而不答，只是说了句"不知生，焉知死？"。如今死到临头，才后悔以前没有好好想过这个问题，不然，现在多少可以有点心理准备。

孔子一夜无眠，到了凌晨，才慢慢有了睡意，正在蒙眬迷离之际，听到一阵嘈杂之声，由远及近，直奔牢门。他以为时辰到了，行刑之人来了。想到就刑也是人生大事，草率不得，要洗漱停当，穿戴整齐，给世人留一个榜样，便推了推身旁熟睡的颜渊，将他唤醒。

这时，忽听外面一个大嗓门，粗声嚷道："夫子，你在哪里？！"

接着，"咣当"一声，牢门大开。门外晨光中，站着一个大汉，手里提着长剑。

正在惊吓之际，又听那人叫道："夫子，子路来了！"

孔子一看，那大汉果然不是别人，正是子路。子路背后，还有子贡等一群弟子。

"子路，真是你们？"孔子先惊后喜，喜极而悲，情绪跌宕起伏，一时稳定不下来，"你们再晚、晚来一步，我和颜渊，真要就义了。"

惊喜悲欣过后，孔子问："你们是怎么救我出来的？"

子路说："不是我们，救你的人在此。"

说着，人群后面走出一人，长翎朝帽，丝绣宫衣，向前鞠躬长揖，尖声细气地说：

"在下雍渠，奉夫人南子之命，请夫子返卫。"

孔子一愣，不明白这是怎么回事。

子贡上前一步，赶紧解释说："夫子匡城蒙难，夫人南子听说后，特派司宫雍渠大人来匡城相救。"

旁边的子路"哼"了一声，没有说话。

原来，那天颜渊回去报信，说夫子落难，入了大牢，危在旦夕。子路听了，急得翻身上马，拔剑出鞘，喊着要去劫狱。还是子贡沉得住气，见情势危急，立即进宫，寻托求助。他是卫人，在帝丘城里很有些人脉关系。他先找到宫中红人弥子瑕。这弥子瑕虽是卫灵公的廷前侍卫，更是夫人南子的床上宠臣，求到了他，就是求到了夫人南子。南子久闻孔子盛名，听说他不但博学多识，人也高大挺拔，有心笼络，便派司宫雍渠和子贡等一起到匡城交涉。子路见子贡求到夫人南子那里，心中不快，但为的是救夫子，不好发作，也就一起来了。

赶到匡城，才知道，匡人抓错了人，整个一场误会。

"匡人本来要抓的是谁呢？"孔子问。

"阳虎。鲁国季府的阳虎。"子贡说，"两年前，阳虎率鲁师破城，烧杀淫掠，无恶不作，匡人恨死他了。他们把夫子当成阳虎了，说夫子和阳虎长得一模一样。"

孔子呆在那里，没有说话。和夫子一同坐了一夜牢的颜渊听了，极为气愤："简直是胡言！阳虎，坏蛋也，怎么会和夫子长得一样？圣贤和邪佞，不可能是一个模样！"

孔子沉默无言，许久，才叹气说："人之相貌，命也！人有正邪，貌亦有之？我长得像谁不好，为什么偏偏要像这个阳虎呢？"

第六章　公卿

（编年：孔子十七岁）

鲁大夫孟僖子，带着两个儿子，赶到城北季府赴宴时，已经迟了。两个小儿，七八岁的样子，相差不过一年，穿着一样的锦衣绣服。大的一个，胸前悬着一块镶银嵌金的宝石；小的一个，胸前挂着一块透明的纯色白玉。

入了季府，只见张灯结彩，披红挂绿，仆僮穿梭，婢女乱跑，到处透着节庆般的喜庆。庭前，琴瑟悠扬，管乐铿锵，杂着人唤狗吠。乐工们正奏着迎宾曲《宾之初宴》。舞者排出八佾之阵，八横八纵，挥着红绸，载歌载舞。

孟僖子见了，微微皱了一下眉，疾步拾级而上，向正堂走去。

今日是季府家宴。虽说是家宴，却非平常乡饮，而是按"燕礼"之规举办的大飨。这"燕礼"之宴，本是诸侯之君的国宴，非一般人所能承办。卿大夫有王事之劳，诸侯宴而谢之；或是卿大夫有聘而还，诸侯宴而送之；或是四方宾客来访，诸侯宴而迎之；当然，诸侯要是闲着没事，也可宴而自娱。季孙氏只是公卿之家，本无资格设"燕礼"之宴，但鲁国如今是季孙氏当政，国中何人敢有异议呢？

第六章 公卿

季府是鲁国最有权势之家。鲁国虽是周天子赐给鲁君的,当政的却是季孙氏。鲁国有三大公卿家族:季孙氏、孟孙氏和叔孙氏,孟僖子自己便是出自孟孙一氏。三家都是当年鲁桓公的宗亲,又称"三桓"。几百年来,鲁国就这样一直由三家轮换着替鲁君代管。二十多年前,三家私下磋商了一下,也没问问当时鲁君襄公的意见,就把鲁国的军队和赋税一分为三了,季孙氏、孟孙氏和叔孙氏各取其一。鲁襄公心里不高兴,却不敢吱声,因为宫里的日子还需要三家进贡来维持。三年前,二十岁不到的鲁昭公即位之时,三家又私下磋商了一次,将鲁国的军队和赋税又四分了一次。这次,有一半归到了季孙氏的名下。年轻的鲁昭公气得咬牙切齿,又毫无办法,只能赤拳击墙,空掌劈柱,发誓二十年后报仇不迟。两次瓜分鲁国公室的主谋,都是执政的季武子。他七十多岁了,掌权近四十年,处世精明圆滑,为政老谋深算,只是不知还能不能再活二十年了。

这次,季府设千人大宴,请的是朝中大夫和四方名士。

这周天子之下,人分四等。诸侯一等,即各国国君,像是鲁君;卿大夫二等,即宗亲国戚,像是鲁国的季孙、孟孙、叔孙三氏;士人三等,他们虽沾王亲,已是远房,但还有食邑俸禄;庶民四等,都是一些无爵无禄的平头百姓,耕田务农,做工经商。庶人之下,还有皂隶奴婢,虽有人形,尚不属自由民,故存而不论。

几年前,季孙氏、孟孙氏和叔孙氏三家二次分鲁君家国之时,原是按既定的三分方案,三家各得其一,多亏了这些大夫和名士,净言力谏,提出了一个四分方案,结果,孟孙氏和叔孙氏各得其一，而季孙氏独得其二，占了大便宜。季孙大人因此有了设宴答谢之意。

今日季府的家宴，要以周天子宫中的"八珍"来飨客。这"八珍"是肉酱拌饭、油淋肉黍、烧烤乳猪、煮炖羔羊、酒腌牛肉、烘焖肉脯、三鲜煎肉和羊脂牛肝。这些菜肴原是周天子的特餐，后来传出宫廷，各国诸侯也就如法炮制，偷偷享用。季府自然不怕越礼，便将"八珍"搬上了宴席，自己饱餐美味之余，也让天下士人有机会一尝宫廷风味。

大宴设在季府大堂，百几陈列，千席齐备。主案十张，各置牛首，其他席上，放着羊头。为了彰显尊长敬老之风，九十岁老者案前置酒一坛，八十岁老者案前置酒五爵，七十岁老者案前置酒四觚，六十岁老者案前置酒三樽。金樽美酒，银盘玉馔，一切就绪，只待宾客落座下箸。

为了这席大宴，季府上下忙了半个多月，宰了十头牛、二十头猪、五十只羊，以及鸡鸭无数。二十多名厨子烧煮烹炸三四天了，府里油烟弥漫，里外透香，十多里外的街巷陌上，都能闻到飘香。

孟僖子和两位小公子到了大堂正门，季府的家臣阳货赶紧迎了出来，他在代主人季武子迎客。阳货生得头大脸长，目宽嘴阔，高胖的身材，让人绝对无法小视，加上一身绣虎绘豹的闪青缎衣，令人一见印象深刻。他见到孟僖子，立刻笑容满面，连忙鞠躬，主客之间，揖让再三。

孟僖子知道，季府是鲁国最有权势之家，而阳货则是季府中最有权势之人。他精明强干，很受季武子的重用，又因平时追随左右，忙前忙后，在主人身边附耳进言的机会比旁人要多

第六章 公卿

得多。作为一府之宰，他管辖着季府十多个院落、百十间房屋、近千口人丁和上万头牲畜。

阳货对季孙氏绝对忠诚，他只知天下有季孙氏，不知有鲁君。其实，他本是孟孙氏家的人，因见季府在鲁国之势如日中天，远非孟孙氏可比，年轻时便变姓改门，弃孟投季了。

他原来名叫阳虎，季武子嫌其意凶猛，虽不怀疑他的忠诚，毕竟是外人，万一背叛起来了不得，留在身边总叫人睡不踏实，便将他的名字由"虎"改为"货"，取其有用无害之意。他不喜欢，但不敢言，只好先委屈着当"货"。

孟僖子和阳货相互揖让之时，府内大堂，忽然钟镈齐鸣，鼓磬奏起，传来一阵"金奏"之乐。这"金奏"之乐，以前也是周天子专用的，如今传入了诸侯之家。"金奏"乐起，意味着季武子大人就要登堂，与宾客们相见了。

两人正要转身入堂，远远看见一个又高又细的少年，从墙角那边拐了出来，循着墙边，迈着小步，飘着摇着，向这边款款走来。

那少年穿着一件不太合身的宽袖礼服，戴着高冠，样子有些滑稽。他走得不紧不慢，不慌不忙，到了阶前，提衣，蹑足，拾级而上，动作到位，一步一个台阶，缓缓走了上来。

他的步子走得如此有形有态，引得孟僖子和阳货一时驻足观望。

待那少年走近，孟僖子仔细打量了一下，心里微微一动，见那少年生得头长额高，眉长目宽，鼻隆嘴阔，相貌竟和身旁的阳货有几分相似，个子也一般高，只不过少年身子要瘦弱许多。

他想，这就是人们常说起的那个孔家老二吧？听说孔家老大是瘸子，老二腿脚利索，人却疯癫，常在街上走来走去，练习礼步。这几步，全城除了他能走出这个样子来，大概没有别人了。说起来，这孔家也算是世家，当年是宋王的宗亲，宋乱之后，避乱到鲁，家道就衰落了。到了这孩子的父辈，只能当兵卖命，在陬邑守城了。

这边，阳货也奇怪，这孩子跑到这里来干什么？

"站住，"阳货叫住他，"你在这里晃悠什么？"

仲尼见到面前的阳货，知是季府总管大人，赶紧站住，整衣拂袖，高高拱起双手，又深深弯下身去，行了一个揖拜之礼，说："后学孔丘，前来赴宴。"

阳货看着他，觉得奇怪："有人请你了吗？"

仲尼又是一个长揖："季孙大人好士，天下闻名，今日宴请之人，皆有志之士、读书之人。"他一边兴冲冲地说着，一边行着八揖之礼。一般见面之礼是三揖，而八揖是晚辈拜见长辈时所执的最高礼节。他双眸明亮，目光清澈，看着阳货，眼光毫不躲闪。"孔丘不才，五岁读诗，七岁学书，十五岁有志于学，有安邦治国之心，也算是读书之人、有志之士，自忖应在受邀之列。"

阳货笑了："季氏大人宴请的都是饱学之士。懂不懂什么叫饱学之士？饱学，就是先吃饱肚子，再谈学问。我看，你肚子一定是瘪的吧？"

说着，阳货摸了摸自己滚圆的肚子，哈哈大笑了起来。周围的仆役，也跟着哄笑起来。

仲尼有些窘态，却不畏缩，继续说："仲尼自幼习礼学仪，读书诵诗,不敢自夸博学广闻,但知书达礼,礼仪可以通考,诗书可以倒背,不信,大人现场可以抽查。"

阳货沉下脸:"你何德何能,敢赴季氏之燕飨?今日赴宴的,不是公卿大夫,就是世家之后,怎容你来蹭饭?!"

仲尼的脸红了,仍不退让:"先父早亡,家道中落,但孔氏先祖也是宋国宗亲。"

"那是哪朝哪代的事了?"阳货不耐烦地打断了他,接着又嘻笑起来,"再说,谁知道你是不是孔家的人呢?"

众人又是一阵哄笑。

仲尼窘得满脸通红,作着揖的手一时忘了放下来,微微抖着:"大人不该随便妄语。宴可不赴,士不可侮辱。"

站在一旁的孟僖子有些看不过去了,想说些什么,看了一眼阳货,又忍住了,摇摇头,把两个孩子拉近身边。

这时,大堂里钟镈又鸣,鼓磬再起。这"金奏"之乐第二次奏起,表示宾客们要入座了,主人季武子就要献酒了。按"燕礼"之规,宴中要有九献,即主人九次敬酒。宴开之时,主人先要举爵,自尝其酒,然后将酒爵献之宾客,宾客略尝后,向主人回酢,还回酒爵;主人注酒入杯,自饮,再献之,劝客随意品饮。如此这般,算是一献。其间,鼓瑟弹琴,吹笙鸣笛,乐工们奏乐助兴。一般是先奏《鹿鸣》来开胃,后奏《南有嘉鱼》《羔羊》佐餐,最后以《载驰》助餐后消化。

阳货不想再跟孔家小子纠缠了,冲他挥了挥手,说道:"滚吧,回家自己啃馍去!"

"孔丘告辞,"仲尼说着,双手又高高拱起,人却站在那里不动,"饭,不吃了,但有一事,不能不说。"

阳货本来转身要走，一听，又回过身来，眼睛瞪得大大的，有些惊奇："咦，还啰唆没完了？"

仲尼不管阳货要不要听，自顾自地说道："入府之时，见庭中乐舞，用的是八佾之阵；刚才大堂传来宴乐，奏的是'金奏'之曲。"

"是，那又怎样？"

"自古天子八佾，诸侯六佾，大夫四佾；天子'金奏'，诸侯笙管，大夫丝弦，季府用八佾、'金奏'，是不是越礼了？"

阳货听到此言，脸色变了，厉声喝道："住口！这样的事，也是你管的？！"

这边，仲尼躬身长揖，将刚才见面时才做过的八揖之礼又认真做了一遍，高揖低鞠，一点不马虎。礼毕，才整衣扶冠，立直转身，沿阶而下，不慌不忙地离去。

阳货愣在那里，半天没有回过神来，虽说季府向来以天子之规宴客，吃天子之餐，奏天子之乐，早就习以为常，都不觉得有什么特别的好了，但僭越毕竟仍是灭族之罪。

此时，仲尼还未走远，才下了门前的长阶，他又寻到墙根，踮起脚尖，提起衣摆，迈起碎步，走起了礼步。尽管刚才受了奚落，又没吃上饭，但步法丝毫不乱。他要走给阳货之流看看，君子是如何气而不馁，饿而不扁。

阳货看见那孔家小子在那里摇来晃去，心中起了恶念，向身边府役招了招手，又指了指仲尼。

仲尼正走得起劲，心中正气凛然，忽觉得背后"呼呼"有声，似有人追了上来，回头一看，倒不是人，而是一只大黄狗，龇牙咧嘴地蹿上来，顿时惊得慌了神，脚下坚持又走了几步,步子还是乱了。最后,顾不得礼数了,他撒开脚丫子,飞跑起来。身后是层层传递过来的门人复命之声:"宾不顾矣——"

  几年后的一天,孟僖子和两个孩子乘车从街上过,遇上一队送葬的行列,吹吹打打地走过来,白旗白幡,浩浩荡荡,马拉驴拽的灵柩后面,跟着一群去陪葬的牛羊。透过车牖,孟僖子看见走在队伍前头的吹鼓手,是一个高瘦的年轻后生,头缠白巾,身披麻衣,鼓着双腮,吹着唢呐,脚下停顿进退,步法熟练,变化频出。他觉得有几分眼熟,定睛细看,认出是那个当年在季府门前被阳货轰走的孔家小子。他不忍多看,放下了窗帘,心想,不过几代人,公卿之后,竟沦落如此,只能当吹鼓手,为人送葬,替人哭丧,与马驴为伍,领着牛羊殉葬,让人感慨。一边想着,一边看了看身旁的两个儿子,暗自叹了一口气。

第七章　蒲

（春秋　鲁定公十四年）

众人离了匡城，便策马驱车，夺路狂奔，孔子一车当先，因颜刻有伤，换了弟子公良孺驾车。公良孺也是年轻人，血气方刚，才跟了夫子，听说匡城有难，立即带着私车五乘，从卫都赶来救援。孔子的车早已散架，正好换上他的驷马高车。公良孺只恨马儿跑得慢，挥鞭不止，四匹马早就野了，拼命奔跑，全不管车上是否有人。土路坑多，车子一路颠簸，上蹿下跳，像是安了弹簧。孔子在车上站不稳，紧抓横轼，努力保持着直立姿态，无奈身不由己，前仰后合，左摇右晃，像是在做广播体操。颜渊、子路等人，都在后面几乘车上，急追紧跟，也是一片东倒西歪。大家一口气跑出了十多里，才慢了下来，到了一棵树下，稍作喘息，想想匡人反悔了也难追上，又想，司宫大人雍渠留在城里喝酒，匡人真要反悔了，可以拿他下酒。这时，众人跑得上气不接下气，与马一起，呼哧成一团，虽是初冬季节，人和马都汗流浃背。

路旁立着一块粗石，上面刻着"蒲界"二字，孔子知道已到了蒲地。远处，遥遥望见一个城寨，想是蒲邑了。

像匡一样，蒲也是卫的属邑，由卫国管辖，却是自治之

第七章 蒲

地,有政府,有军队,有边关,有主权,巴掌大的一块地方,同样凛然不可随便侵犯。

这蒲邑城关一过,后面有两条路可走,北上即是返卫,南下便可赴陈。

返卫还是赴陈呢?孔子正在犹豫之时,同乘的子贡偏偏问了一句:"夫子,一会儿过了蒲邑,我们是往北呢,还是向南?"

子贡站在车右,正用一块丝巾拭汗。他一身簇新的绣花绸衣,光鲜闪亮,又佩着许多金饰玉挂,在阳光下,熠熠发光。相衬之下,夫子虽仍神情高远,目光如炬,此刻多少有些落魄,那身素色布衫,牢中穿了多日,粘土蒙尘,沾油带汤,斑斑点点,尽显腌臜。

子贡平日最讲究衣着服饰,出门在外,总是把自己弄得齐整鲜亮。当初,夫子看不惯他那新潮样子,说他如"器"。夫子常说"君子不器",喻他为"器",自然是说他不是君子。好在子贡"器"而不气,反而沾沾自喜,以为夫子夸他"成器",还问自己是何器。夫子想了想,说,瑚琏之器吧。瑚琏是一种华美贵重的礼器,夫子之喻,暗含外表绚丽、内里空洞之讽。子贡把夫子的话只当表扬来听,取其华美贵重之意,仍一味地华衣美服。他姓端木名赐,本是卫国商人,一直在帝丘做生意,贩货于卫、鲁之间,他年纪比子路小,资历比颜渊浅,不过,自视比他们高:觉得论学问,自己比子路好;论做事,自己比颜渊灵;就是和夫子比,虽说道德文章不如,但政治智慧未必分出上下。说起来,他年纪轻轻就积了千金,要说自负,实在是有些资本。不然,夫子怎么会将他比作瑚琏这样华美贵重的礼器呢？

孔子有一点被问住了，虽没侧过头去看子贡，已感到那边投过来的灼灼目光。他没有直接回答，而是沉吟道："君子三思而后行……"

离卫之日，他已决意赴陈，一路南下，不再回头了。卫灵公让他失望。初次见面，君臣之间，话不投机；见过之后，既没下文，也没下次。他到卫国来游说，在帝丘住了快一年，居家有卫兵看守，不准随便出游；平时又见不着君王，没人可以言说，不游不说，算什么游说呢？不说期月，就是三年也无成啊！想想时不我待，便下了决心，离卫赴陈。

他想，大道不丧，天下总该有明君吧！如果不是蒙难于匡，自己现在已到陈都宛丘了，说不定正趋步朝廷之上，揖让群臣之中，坐在御座之前，与陈王共商国是了。

但此刻，他赴陈的决心，突然动摇起来了。

让他决心动摇的，是卫夫人南子之邀。

这次匡城之难，夫人南子施了援手，派人与子贡、子路一起来匡城解难，不能不说有救命之恩。她还特意托来人捎了口信，请他重返卫国。

这已不是夫人南子第一次传话给他了。

说起这位夫人南子，可是卫宫中厉害的人物。作为卫国夫人，卫灵公称"大君"，她自称"小君"，卫国之事，大到朝里官员任免，小到宫中便桶摆放，无论巨细，她都亲自过问。据说，在卫国求仕，不过她这一关，那是休想从卫灵公那里谋到一官半职的。孔子刚到卫国时，她那边就有话传来，说是四方君子，想见大君，都要先来拜见小君。要是孔子求见的话，她

第七章 蒲

会愿意见他的。当时，子贡力主先去拜见南子，打通关节，再去游说卫灵公，这样成事才有把握。子贡生在卫都，长在帝丘，自小耳濡目染，对卫宫官场的门径，了如指掌，心领神会。他知道何处是要害，哪里是险关，加上多年经商，深谙人情世故，坚信利益交换。至于察言观色，看客下碟，台面敬酒，桌下交易，笑着送礼，哭着行贿，更是驾轻就熟，说来就来。他深知，卫灵公耳聋目瞽，脑子糊涂，管你什么仁孝忠信，礼义廉耻，如何听得进去？但只要夫人南子在他耳边软言温语一番，保管拿下一个三品大员。可惜，孔子大不以为然，坚持谋官要走正道，不可走后门，为此，还教育了子贡一番，说自己来卫，不是来为自己谋官的，而是为大道行于天下。大道之行，自然应走正道。说得子贡哑口无言，惭愧而退。

其实，孔子不肯去见夫人南子，还有一层原因。让他更为顾忌的，是夫人的淫荡名声。这南子是有名的美人，听说容貌艳丽，身材妖娆，风情千种，仪态万方。男人见了，多半会心迷意乱，而她见了男人，也会先自春情荡漾。所幸的是，见过她的男人有限，而她见过的男人也还不多。

像所有美女一样，南子一生下来，就被绯闻缠绕。她本是宋女，当年曾与公子宋朝爱得死去活来，珠胎暗结，后来用了绛珠仙草堕胎，才算保持了处女形态。她十六岁嫁给卫灵公，做了夫人，一入卫宫，就把年过花甲的老寡人，迷得骨酥身软，神智迷糊，觉得自己以前三十多年的后宫生活真是虚度了。她在床帷之间的生动活泼和丰富多彩，使她在嫔妃中迅速显出了与众不同。就是白昼里，寝宫里也常会传出她的娇啼，那份性感，透过卫宫的厚厚宫墙，很快弥漫在朝廷上下，弄得众臣心神不定。她身边猛男侍卫如云,后宫白脸宠臣出入,其中,最著名的就是弥子瑕了。这弥子瑕原是卫灵公的廷前侍卫,因生得唇红齿白,眉清目秀,据说与灵公有些肌肤之亲,如今遇见夫人,又成了南子的床上宠臣,成了典型的"双性恋"。大家对此多少也能理解,卫灵公毕竟太老了一些,一些心有余而力不足的事情,让臣下分担,也是应该的。弥子瑕一心二用,身兼数职,也是在尽臣子的本分。这些传言,虽无法一一证实,但一经提起,总给人以无限的想象空间,情节不断发展,细节日益丰富。好在卫灵公不大在乎,并未就此钳制言论,庶人百姓也就津津乐道,添油加醋,成为民间的主要娱乐。

作为君子,孔子对女人一向"不敬"而远之,年过半百,还从未弄出过什么绯闻。这坚守了多年的道德界限,总不能坏在南子这里吧?

结果,他没有去拜见南子,而直接去谒见卫灵公。谒见之时,卫灵公目送飞鸿,心有旁骛,一切果然如子贡之所料。

这件事上,感觉最失败的,不是孔子,而是子贡。子贡拜师求学,完全是慕夫子之盛名,想借着夫子,在卫国成就一番事业。他深知,一个商人,即使成功,也只是商而不算人,除非读书为士或出将入相。跟着夫子,进可建功立业,退可当个儒商,可谓进退两全。为此,他特意为夫子指点了夫人南子的门径,甚至连打点的礼品也备好了,那是一对点金的玉镯,据说是当年卫庄公之妻美人庄姜的旧物,绝对珍稀,送给夫人南子最为合适。作为商人,他有现实感,深知做成事情,光凭理想不行,需要落在实处。没想到,夫子做事,竟是一派书生作风,理想远大,行动却瞻前顾后;慷慨激昂,见人却不会说话。他原以为夫子是高人,后来发现,夫子不仅不会挣钱,而且也不会办事,除了文化底蕴厚实一些,其他方面,真是乏善可陈,一时有些怀疑,自己是不是入错了门。

一队人马,休整片刻,又上了路,急急向东北方向行进。孔子扶轼而立,身子重新站得笔直,摆出平日乘车时的端庄姿态。这时,子路乘的车跑到了前面,颜渊等人的车跟在后面,同乘的仍是子贡。

蒲邑就在前面。当蒲邑城关大门远远出现时,孔子对子贡说:"过了蒲邑,我们北上回卫。"

子贡听了,眼睛一亮,微微一笑,心里暗自高兴起来。他知道夫子终于自己想通了。这次重回卫国,夫子一定会去见南子。只要夫子见了南子,卫国之事就有可为。如此一来,大家就用不着在这荒郊野外乱跑了,前途渺茫不说,夜里还不知何处投宿。

的确,孔子把事情想透了,自己在心里把自己说服了。

他应该去拜谒夫人南子。首先,危难之际,夫人救了自己,这是有恩,有恩必谢,礼也;其次,再次相邀,盛情难却,再邀不去,失礼也。

再说,他不怕去见南子。都说南子是绝色,又是尤物,狐媚而性感,男人见了就会乱了心志。他心中好奇,倒想看看究竟。自己一生,何时惑于女色?十六岁都过来了,难道五十六岁就过不去了吗?

更深一层,不好说出来的是,他不想再一次错过机会了。如果卫灵公能用自己,卫国之治,期月而已,三年有成,诸侯风靡而从之,大道必行于天下。自己是快六十岁的人了,这样的机会,以后恐怕不多了。

离城门还有一里之遥,马车突然停下不走了,前面的车子也不动了,一看,一彪人马,挺枪举剑,把进城的路堵了。

子路从前车跳下来,跑来报告,说是有人拦路,孔子问是不是劫道的,这一带,属河南境界,路匪、路霸较多。子路说,不是,是守城卫兵,不让进城,说是城里戒严。孔子说,绕道行不?子路说,也不行,让我们原路返回。

孔子远望,见前面拦路的人,虽盔甲不整,但着装统一,像是正规部队,还打着一面黄色大旗,旗上绣着"公叔氏"几个字。再举头一看,见城墙上面,卫国的旗帜早被换掉,一面面迎风飘扬的,都是"公叔氏"的旗帜了。

孔子知道蒲邑城中有变。几天前,听说卫大夫公叔戍被卫灵公逐出都城,流放到这里。不会是公叔戍反了,占了蒲邑为乱吧?

正想着,驾车的公良孺先恼了。小伙子年轻,个高力大,脾气火暴,喜欢见义勇为,最不怕的就是打架斗殴了。跟了夫子,一心想走正道,人也渐渐温良恭俭让起来,但野性犹在,这几日,先是匡城蒙难,现又蒲地遇劫,早就憋了一肚子的气,此时一下子爆发了。他把缰绳甩给子贡,自己跳下车去,拎起一把长剑,对子路说:"你我联手,看能不能冲杀过去。夫子一路多难,此关过不去,大家都没有前途。如今只能舍命相拼,以死相报了。要是死在这里,也是命了。"

说着,两人就冲了上去。前面一阵喊杀,有金属相格之音,又有铁器相碰之声。不一会儿,两人退了回来,只见子路

第七章 蒲

身上多处被利剑划伤,而公良孺更是头破血流,脑袋被一块石头给砸花了。好在这一打,对方也知道这边厉害,有两个愣得不要命的,吓得退后了几十丈,缩回城里去了,又把城门紧紧闭上,任外面怎样叫骂,就是不开。

双方就这样对峙了一个多时辰。

孔子心里焦急。蒲邑城关过不去,既不能北上回卫,也不能南下赴陈,剩下的一条路,就是重走匡城。回想起那里的牢狱之黑和菜汤之凉,叫人马上就会打消这念头。

一时无法,孔子便提出愿意进城拜见蒲邑大夫公叔戌,亲自问路,当面借道。那城墙上面,磨蹭了好一阵,才传下话来,说大夫公叔戌请孔子进城商谈,但不得携带武器。

这时,孔子顾不得个人安危,见子路浑身是伤,公良孺满头缠布,便留他们在城外,只带上颜渊、子贡二人进城。三人都解下佩剑,额系白巾,高举双手,徒步入城,大有视死如归的气概。

待见到大夫公叔戌,孔子觉得脸熟,想是哪里见过,猛然记起,当年谒见卫灵公时,廷上为自己引路的就是他。那时,这公叔戌还是卫灵公身边的红人,不知怎么得罪了老人家,一下被贬到这里来了。那公叔戌也认出孔子,毕竟是名人,一张脸像商标似的,一看就记住了。

熟人就好说话。公叔戌设宴招待孔子师徒三人,几巡酒过,气氛融洽,孔子表示,自己游历各国,为的是大道行于天下,途经此地,遇到麻烦,还请大夫多加关照,又说,需要留下一些通关费,也是可以的。公叔戌听了,大手一挥,说他不管什么大道小道,这道是不能让的。卫君昏聩,把他从帝丘赶到蒲邑，流放荒野，他心里咽不下这口气，正准备起兵举事，宣布独立。这几日封关，往来行人，一律不得出入，免得有人去卫都通风报信，走漏风声。为此，只好请夫子先在这里委屈几天，等起了兵，再走不迟。孔子说，他只想穿城过关，不会去通风报信。公叔戌说，自己如何能信呢？孔子正色说道，言而无信，非君子也。公叔戌还是摇头，说君子就可信吗。又想了想，说我公叔戌不想为难夫子，放你走可以，但要从东门出，还要发誓绝不北上回卫。孔子听了，愣了好一会儿，才说，发誓就发誓，我出了城，绝不北上回卫。那边，子贡急得直冲他使眼色，怕他话说得太死，一会儿没法转弯。孔子好像没有感觉似的，毫不理会，又和公叔戌干了一杯，双方算是一言为定。

傍晚时分，孔子师徒一行，从东门出城，总算过了蒲邑关隘。公叔戌曾一再挽留，说要再请晚宴，还说可以在城中过夜，明日一早再动身。孔子怕夜长梦多，又生变故，就辞谢说，公叔大夫准备起义，一定很忙，又十分机密，不便打扰，就先走一步了。心里怕一不小心，卷进暴乱，将来说都说不清楚。

出了城关东门，一队人马急急东行，旗幡高悬的蒲邑城墙，很快消失在身后茫茫的暮色中。

孔子仍然一车当先，并亲自揽缰挥鞭，同车的只有子贡。弟子公良孺受了伤，头缠白布，和颜刻一起，躺在后车休息。子贡不会驾车，以前经商，为了摆谱，总是车夫代劳，有坐车的经验，无驾车的技艺。师从夫子之后，知道御术乃君子"六艺"之一，也愿先学，却还不能急用，现在只能站在车右，帮着看路。

不久,到了一个岔路口,南北分岔,一条南下,可抵陈国;一条北上,可返卫都。

孔子收紧缰绳,勒住了马,又在左侧鞭了几下,想掉转马头,驾车向南,可几匹驾辕的马,都不肯听话,死活不愿往南,拗着劲,偏要北上,几次吆喝,就是不听招呼。

孔子见了,叹了一口气,说:"老马识途,君子如何可以忘道呢?"说着,缰绳一抖,纵马一跃,又轻轻一鞭,那些马儿立即昂奋起来,掉转了方向,踏上了向北的岔路,一路欢跑。

一旁的子贡正为刚才夫子发誓不再回卫而心里郁闷,这时看到走错了路,便问道:"夫子,这是何往?不是该向南去吗?"

"向北,回卫。"

"回卫?"子贡惊奇地睁大了眼睛,以为自己听错了,"夫子不是答应不回卫国吗?难道君子可以言而无信吗?"

孔子无语,只是默默驾车,好一会儿,才说:"君子之于天下,无从无不从,无可无不可,唯求义而已。大道若能行于天下,我又何必在乎蒙违誓之名呢?"说着,又苦笑了一下,"再说,胁迫之下,说些违心之言,也是不得已嘛。想来,上天也不会怪罪。"

子贡没再多问,立在黑暗中,静思着夫子所言。他一向以为夫子迂,不想夫子对世事人生,心里竟是如此透彻。此次破誓回卫,已是悲壮;回去后,肯去谒见夫人南子,更有些奋不顾身的味道了。这中间多少委屈,多少牺牲,绝非外人所能体会。想到这儿，心里对夫子又多了几分崇敬。看见前面奔跑着的马儿，随夫子的日子长了，也都明理识道似的，知道夫子心里想走哪条路；而自己，跟了夫子有年，却完全不知夫子之所想。虽说悟道有先后，但在这一点上，自己的觉悟真是不如马，想想惭愧起来。

马车上了向北的驰道。孔子挥起长鞭，在头顶一甩，"叭"的一声脆响，辕马惊奋，扬头奋蹄，飞奔起来。他一面不断用鞭杆轻轻策马，放马奔驰，一面又微微勒住缰绳，让马不能脱缰狂奔。马车疾驰似箭，又平稳如舟。好多年没有驾车了，手生了，孔子想。好在当年跟着挽父学的招式，还没有全忘掉，如今派上用场了。

年轻时，他最大的梦想，就是当一名御者。

第八章　野民

（编年：孔子十八岁）

挽父半夜听到马嘶。马厩那边，长鸣低吼，此起彼伏，一片喧腾。他御了一辈子马，闹厩的事儿常见，深更里折腾的，还没碰到过，想想不放心，披衣起身，摸黑下床，想去看看究竟。一边向马厩走去，一边心里奇怪，觉着这马儿嘶叫得异常，一片吭吭哧哧声中，间或有几声铿锵长鸣，如马似驴，却不像是畜声。

待走近马厩，挽父虽有心理准备，还是被眼前的情景看傻了，只见仲尼昂然立在群马之中，整个高马一头，一手秉烛，一手执卷，正引颈长吟，声情并茂之时，马儿们也躁动不安，纷纷嘶啸，有唱和之意。

"野有死麕，白茅包之……"

——是人吟；

"呜呜……"

——是马嘶；

"舒而脱脱兮！……"

"呜呜……"

"无感我帨兮！无使尨也吠！"

"呜呜！呜呜！"

挽父想笑笑不出，想恼恼不得，没好气地说："小心着火。"

"哪里着火了？"仲尼一惊，慌慌张张地问，"伤人了没有？"

"我说小心着火，没说着火。像你这样在马厩里秉烛夜读，闹得马睡不好不说，不小心，要燃着火的。"挽父说。

仲尼有点不好意思："我是怕扰人，不想惊了马，马又吵了人。"

"大半夜的，你在马圈里读什么诗呀？"挽父问。

"这些日子，只学御马，怕诗书荒疏了，夜里睡不着，就在这里吟诵吟诵。"

"马听不懂诗，"挽父说，"不然，倒也能受些熏陶。"

仲尼笑了："说得也是。君子非马也，腹中总要有些诗书，不然，像马似的，一肚子草料。"

挽父听了，叹着气，摇着头，知道仲尼呆气又上来了。自己不识字，腹中没有诗书，难道肚里都是草料？好在他知道仲尼读书读呆了，说话常不着边际，心里也不计较。

挽父觉得，读书人真要比马更难理解。马一嘶叫，无论是高兴还是饿了，他一听就听得出来；可读书人脑子里的许多怪念头，他总是弄不明白。这也难怪，他为季府驾马赶车十多年了，跟马打交道的时候要比与人沟通的时候多得多。

他不懂仲尼为什么不安心赶车，在季府赶车多好，有吃有穿，时常还有赏，能找到这样一份差事多不容易啊。

挽父的娘就是当年孟皮的乳母。娘活着的时候，说起过孟皮有一个兄弟,叫仲尼,虽是孤儿,却是孝子,为了找他爹的墓,一个人跑到山里来寻过她。后来,仲尼想学赶车,托到他时,念着这一层人情,便私下收他下来。那时,仲尼还在殡丧队里学吹打,每日头缠白巾,身披麻衣,吹喇叭,敲小鼓,在街上走着来回,今日哭哭这家,明日嚎嚎那府,脸上整天没机会露出一点笑模样。挽父常在街上碰到他,见他吹打行进时,步法娴熟,脚下忽前忽后,时进时退,有停有顿,如舞如蹈,懂得缓急轻重,又有节奏感,知他御马驾车会是一把好手。季府总管阳货后来还曾查问过此事,让他心里慌过一阵,怕落下一个任人唯亲的罪名。

仲尼果然成了赶车的好把式。御术中的"起、乘、转、合"四个要点,稍加指点,他便心领神会。这"起",就是启动,要轻而快;"乘",就是行驶,要快而平;"转",就是转弯,要平而稳;"合",就是停车,要稳而定。仲尼人高身壮,臂力过人,驾四驱马车,可以双臂挥鞭,车驰如飞;勒马时,只需一声吆喝,单手双缰,一人拽得住驷马,让车悬空停住。

同样难得的,是仲尼的御驾态度和赶车仪容。仲尼御马,彬彬有礼,连吆喝马时,都语气温和,礼貌周全,而他登车如登堂,整衣肃容,立正站直,抬头远望,不言不语,一举一式,皆中规中矩。

更叫人叹服的,还有仲尼的理论水平。他赶车没多久,却悟出了许多御马的道理,驯马之余,顺便也教育一下身边的小伙计们。他们之中,有一起赶车的颜路,有府中做饭的曾点,还有看门的闵损、扫地的冉耕、守库房的琴张,都是季府中的杂役。仲尼先讲赶车之意义,说赶车高于做饭、看门、扫地和守库房，因为"御"乃"六艺"之一。诸位小伙计听后，羡慕无比，全想换工作了。挽父听了，也心里受用，觉得自己的社会地位提高了。仲尼再讲赶车之前途，说御优不能为官，却可致富。挽父听了，也觉得在理，季府里，没听说过谁牲口调教得好，就被提拔上去管人的，但赶车赶得好，吃穿不愁是真的。仲尼又从赶车中总结出不少人生经验，其中最著名的，是"欲速则不达"的道理，说是越急急慌慌，越到不了要去的地方，赶车如此，人生亦是如此。因此，赶车要道途不争，做人要先人后己。挽父听了，直拍自己的脑袋，敬佩叹服，这道理自己也懂，可赶了一辈子车，愣是总结不出来。

读过诗书的人与没读过诗书的人毕竟不一样。看来，这马厩早晚是容不下仲尼的。

这时，仲尼吹灭了手中火烛，低头走出马厩。一头的草料，都是马鸣时喷上脸的；又因在马厩待的时间长了，浑身散发出那种挽父熟悉而喜欢的马粪味道。

他胡噜了一下头脸，掸了掸衣衫，把诗册小心卷好，说："诗书真是不敢荒疏。不读诗，何以言？几日不读诗，连话都说不利落了。"

挽父说："牲口只懂吆喝。吆喝好了，就能管住牲口。多读诗书何用？"

仲尼听了，默然了一会儿，叹气说："仲尼出身寒微，祖上虽说是世卿，但国破族衰，爵禄早失，加上父母双亡，无依无靠，只是生得个头比人高些，力气比人大些罢了。若不多读些诗书，将来谁还看得起？谁还会用呢？"

挽父说："你毕竟是诸侯宗亲之后，本该当官为吏，终身俸禄。不像我辈，祖上八代都是庶人，靠卖力气吃饭。让你一辈子赶车，吆驴喝马，也真是委屈了。"

仲尼说："这也不尽然。御术乃'六艺'之一，君子必备之技。挽父兄教我御术，是我的福气。只是君子要有'六艺'，礼、乐、射、御、书、数，缺一不可，仲尼不敢偏废。"

挽父原以为，仲尼跟他学赶车，只是为了谋生，现在才发现，他的志向其实远大得多，就感叹说："当个君子，实在不易啊！"

仲尼说："是不容易。家境贫寒，只能自学，不成系统，力求全面。幼时习礼，童年读诗，算是知书达礼；又跟人学过射箭，街上做过吹打，多少懂点射、乐；如今，御术大进了，只恨自己不通数术，不会算计。推十合一为士，一二三四数不清，将来如何能当君子呢？只恨无处可学。"

言毕，举头望天，像是仰天长叹，又像是在数星星。

挽父知他心里难过，便不再吱声，怕提多了伤心。马厩里的马毕竟有限，数一数就清楚了，用不着高深的数学。仲尼有此雄心，自己也愿帮他，就在心里记下了此事。

没过多久，仲尼的机会居然来了。那年年底，年迈的季武子死了，孙子意如承袭，为季平子。季平子即位，立即清仓查库，翻箱倒柜，想看看家里到底藏了多少宝贝。府库那边人手紧缺，特别需要会计。这时，挽父想起了仲尼，知道季府的府管亓官仁是宋国人，就推荐了仲尼，还说他祖上也是宋人。那亓官仁见到这位小老乡生得高高大大，长得堂堂正正，先自有了几分喜欢，便调他过来，在库里当委吏，白天看管仓库，晚上整理账目。后见仲尼人品端正，计数精细，从未出过差错，又单身一人,父母双亡,想起自己家中有小女,正寻人待嫁,就起了招婿之心。不想,就此成了一段好姻缘,让圣人之后,从此绵延不绝。

第九章　曹

（春秋　鲁定公十五年）

开春时节，孔子师徒重新上路，再次离开了卫都，南下赴陈。

这次随行的弟子，已大大减少，老老少少，不过二十多人了。车行的队伍，也不复壮观，前前后后，一共六乘。孔子乘一车，其他人只好换着乘车。车子不够，许多行李杂物装放不下，一些弟子，不仅要徒步，还要负重。子路、颜渊、子贡，都是徒行，轮流走在夫子车旁，不离半步，还都肩扛手提，满是负荷。走在他们后面的是公冶长。他年长，又是夫子的女婿，自然更要以身作则，夫子的衣物，由他驮着，在背上层层叠着，高高隆起，双手里还拎着锅碗瓢盆，叮当乱响。几大筐竹简，由子张、子夏、子游分别担着。他们三人，在孔门年轻一辈中，学业最为出色，读书最多，现在多分担一点知识，也是理所当然。跟在队伍最后面的是曾参。他年纪最小，还不到十五岁。大家看他身子细弱，怕压坏了他，只让他担些米、面、瓜、菜，不想，就这些米、面、瓜、菜，已压得他摇摇晃晃了，一边走，一边嘴里念叨说：现在明白了，为什么夫子讲君子"任重而道远"了。

一行人马，这次不敢直接南下走蒲、匡一带，而是先向东南，绕一点路，取道曹、宋，再奔陈国。走了十多天，总算出了卫国，入了曹境，前面不远，就是曹国都城陶丘了。

大家爬山过河，走村穿庄，一路跋涉，风餐露宿，走得辛苦万分。好在正值初春，山野渐绿，天气回暖，不再冻手冻脚、缩头缩脑，加上远村高树，竹篱野花，路旁乡村风光，十分悦目养眼。春光之下，万物色彩鲜艳，形态明媚，一片欣欣向荣，让人不免生出盲目乐观情绪，以为前途光明，当年注定会是好日子。众人走得身疲体惫，肩疼脚肿，却情绪高昂，一路欢歌笑语不断。

途中，只有孔子神情黯然，一路默然无语，失魂落魄似的。

弟子们知道夫子有了心事，不敢多问。

让夫子神情黯然的是南子。的确，除了女人，世上还有什么能让男人如此失魂落魄呢？

此次返卫之行，回，为了这个女人；离，也为了这个女人。

一年前，孔子重返卫都帝丘，卫灵公特地为他举行了盛大的郊迎仪式。仪式在东门外举行，隆重而热烈。彩旗招展，鼓乐齐鸣，先有少女献舞，后有武士耍枪。卫灵公更是亲来迎接。卫灵公近来做事，常常不拘礼节，随叫随到，说是礼贤下士，其实是老糊涂了，但亲临现场，还是让孔子心里暖乎乎的，有受宠若惊之感。

卫灵公一见面，就关切地问："听说在蒲邑被扣了？"

孔子赶紧回答："没有。没有。只是堵在那里了。"

第九章 曹

卫灵公说:"那里叛臣作乱,寡人正想发兵征讨,可大夫们都说蒲不可伐,说是攻不下来。"

孔子说:"怎么会攻不下来呢?蒲邑的男女百姓,都有忠君之心、保国之志,犯上作乱的只是四五人而已。"

卫灵公说:"寡人也这么想。要不,夫子亲自挂帅,率师伐蒲,替寡人将叛贼公叔戍灭了?"

孔子听了,赶紧推辞道:"孔丘懂的是祭祀,军旅之事,未尝学也……"

卫灵公愣了愣,哈哈大笑起来:"忘了,忘了,你只讲仁德,仁德……看寡人这记性,真是老了,老了。"

卫灵公真是年老健忘,说过了,也就忘掉了,一直没去伐蒲,也没再要求孔子带兵打仗。

回到卫都,最重要的事情,是去谒见夫人南子。

那日,孔子清晨进宫,去拜谢夫人。南子见他,不在正殿,也不在旁厅,而在自己的寝宫。司宫雍渠早早在宫门外候着。那天匡城晚走了一日,他倒躲过了蒲邑之难,绕了点路,先回了帝丘。雍渠引路,走在前头,孔子紧随,跟在后面,后面还有一群宦侍、宫娥。一行人入门过院,走巷穿园,曲曲折折,弯弯绕绕,一直走到一个临湖的绣楼似的殿前,才停了下来。一路上,满眼不是金碧辉煌,就是繁花似锦,叫人看得眼花头晕,待在殿前停下,孔子只觉头昏脑涨,晕晕乎乎。雍渠先进了里面,一会儿,大声宣孔子入内,自己却退出门外。

孔子入内,见里面器具典雅,铺陈华丽,细雾袅袅,柔光暗暗,却空无一人,眼前只有层层白色帷幔,低悬高挂,在微风中轻轻飘动,一股淡淡的幽香,从里面暗暗渗出,恍然之间，像是到了神仙居所。

孔子想，夫人南子一定端坐在这帷幔之后，便双膝跪下，行了稽首大礼。礼未毕，听得帷幔里一阵玉环璧佩璆然声响，像是夫人正在里面欠身还礼，上下之间，弄得叮叮当当。一阵响动过后，忽又传出"哧哧"的笑声。

孔子心中诧异，抬了头，惶恐地看到帷幔一层层掀开，从那层层帷幔里面，款款地走出一个活生生的美人来。

孔子见到南子第一眼，就觉得晕眩，血往上涌，直冲头顶，差点失了自持。他想象中的夫人，本该雍容华贵，俗艳中带着几分娇情，不想，出现在面前的南子，却是一个靓丽少妇，雪肤花容，清纯灿烂。一头秀发，随意一绾，露出无限娇媚。明眸灵动，闪烁含情；樱唇微抿，深浅有意；双颊透着红晕，像含着几分羞色，笑起来，是一脸天真无邪。

"只知道夫子博学，不想夫子如此魁伟。"南子掩口忍着笑说，说得真诚，是衷心赞叹。

孔子觉得这话说得不太成体统，一时不及细想该如何应对，便回答道："君子行端举直，身材所以高大。"

说完后，觉得自己这话也不成体统。

南子请孔子坐下，孔子礼让了一番，才侧身坐下。南子又请他坐近点儿，他只得将座位又往前移了移。一移一动之间，闻到一股淡淡的馨香，并感到南子的眼睛正上上下下细看着自己。他不敢抬眼，但也注意到，夫人穿着一身白色的绫纱裙衣，上面用金色绣着丹凤，又绘着许多淡雅的图案，裙衣不是正式的宫服，经过精心剪裁，反衬出南子窈窕的身材。

孔子本来准备了许多治国的道理，要讲给夫人听，此刻全忘了，一时不知该从何处说起。更要命的是，他的目光掠过了南子飘逸的秀发、淡红的樱唇和那肌肤细嫩的颈部，几次滑向那一起一伏的胸部。

一种久违了的心动感觉突然袭来。

孔子感到自己失态了，心中赶紧默念："非礼勿视，非礼勿听，非礼勿言，非礼勿动。"默念了几遍后，情绪才稳定下来。他正襟危坐，俯首低眉，眼睛盯着脚前，努力不再看南子，像在廷上奏言一般，大声谢过夫人相救之恩，又胡乱说了些朝廷套话，言毕，便急急告辞了。

南子没说什么，只是"哧哧"地笑。那天，她没有多留孔子，但自见过一面之后，便将孔子视为自己人了，不时宣入宫中，有时是陪宴，喝酒猜令，一桌喧哗；有时是游园，观看表演、歌舞杂耍。孔子不好抗旨，又想利用这些席间马侧的机会，给南子灌输些仁政德治的思想，因此一招即去。酒过三巡或锣鼓间歇之时，他常会向南子说些"苟正其身，其政可正；不能正其身，如何正人？"的警句，可每到这时，南子就会捂着脑袋摇着头说："我一个女孩子家的，怎么听得懂这些大道理啊？你还是帮我看看手相，算算命吧！"说着，把柔软的秀手伸过来，让孔子的道理讲不下去。

卫灵公见南子愿意和孔子在一起，也很快慰。他知道孔子是人才，可一直不知道该怎么用，如今见他人尽其才了，觉得自己是选贤举能了。

孔子就这样被南子迷住了，渐渐有些魂不守舍，白日里时时独自发愣，授课答疑时，也常常带着弟子一起走神。"期月而已，三年有成"的话，如今不说了，在卫国一住又是一年，什么进展也没有，却不想再走了，甚至琢磨着购房置地，要彻底安顿下来。

见孔子在夫人南子那里走动勤了，子贡初时挺兴奋，以为生活上一接近，政治上就会有结果。后来见夫子每日出入宫禁，忙于应酬，正经的官职却一个没有谋到，更别谈执政治国了，心里不免疑惑起来。子路那边，更是一个看不惯，窝着一肚子火，又不好发作。他想不明白，夫子怎么会和南子这样的女人扯在一起呢？看着夫子被呼来唤去，如俳优一般，更是愤愤不平。他是心里藏不住事情的人，那点恼怒，全都挂在脸上了。

那天，南子又召孔子入宫赴宴。其时，春节刚过，元宵未到，南子觉得这假日之间，隔的时间过长，怕节日气氛淡下去，就随便择了一个日子，设宴庆祝。酒喝得微醺，忽然兴起，要去城里游车，逛逛街市。卫灵公对于夫人，向来百依百顺，当即吩咐备下敞篷马车。南子叫孔子同去，孔子觉得不妥，一个劲地辞谢。南子不让，拿出女人撒娇的手段，拉住孔子的衣袖，嗲声地说："我就要你去嘛！就要你去嘛！"孔子哪里经得住这个，再说君子不能失礼，只好跟着去了。卫灵公和夫人南子乘第一辆车，南子围了一个大红的绸缎披巾，上面用金丝线绣满了凤鸟，马车一跑起来，那些凤鸟就在一片火红中迎风展翅。孔子和雍渠同乘第二辆车，一个穿朝服，一个着宫衣，紧跟在后。车队出了宫，一路鸣鞭，招摇过市。那时，下午的集市还未散，听说卫君和夫人出宫，微服逛街来了，集市上的人都围了上来，挤着看热闹。大家说是争睹卫灵公的风采，其实看的都是夫人南子的美貌。孔子在后车上，一般庶民并不认识，不是把他当作和雍渠一样的宫中宦者，就是以为南子抛了弥子瑕，新找了一个男友，又觉得年纪大了点。为此，街谈巷议了好久。

这些议论传到子路耳里，子路急了。

那天，子路见到夫子，劈头就问："夫子，君子之道，好德还是好色？"

孔子回答："君子好德。"

子路说："吾未见好德如好色者也。"

孔子知道子路心里对自己不满，话里有话，就回答说："好德如好色。先诚其意，如恶恶臭，如好好色，何错之有？"

子路说："那么说，夫子见南子是好德如好色了？"

孔子一愣，脸红了："我见南子，为的是大道行于天下。"

子路说："只怕夫子见了南子，有心好色，无意好德了。"

孔子听了，也急了，指着天说："我见南子，若另有所图，天不容我！天不容我！"

子路见夫子急得发誓，本还想多说几句，忍了忍，就没再吭声。当时，颜渊在场，见两人争辩，不语也不劝，只是忙着在木板上刻字，把正方反方的对话都记录下来。不知有意还是无意，他将子路"吾未见好德如好色者也"的话，错记到了夫子名下。此语后来编入《论语》时，也未改过来，显得夫子虽为南子所惑，心志仍然清醒。

就在子路和夫子争辩的那天夜里，卫宫里发生了一件惊天动地的大事。一个刺客，飞檐攀柱，走壁翻墙，深夜潜入夫人南子的寝宫。不想，那刺客脚一落地，即被擒获，没来得及一展其职业杀手的手段。那边，太子蒯聩闻讯，连夜出逃，据说慌得人不束发,马不备鞍,充分显示出他就是幕后的主谋。事情至此还没有完。这边,宫中一阵惊恐混乱之后,宫人们猛然发现,那擒获刺客之人,捉贼时,不仅赤手空拳,而且赤身裸体。更奇怪的是,此人身手矫健异常,却不是宫中侍卫,无人认识。夫人寝宫怎会突然钻出这么一个大马猴来呢?大家正惊疑不定,有人认出,那人是宋公子宋朝。这宋朝公子,本是夫人的旧爱,不久前,受卫君之邀来卫,平时常出入宫闱,大家不以为怪,只是现在没穿衣服,人看着有些变样,叫大家认不出来了。事情报到卫灵公那里,老人家气得手抖胡子颤,一会儿骂"逆子",一会儿骂"淫妇",一直骂到自己中了风才闭了嘴。

卫宫一乱,政事就彻底懈怠了。卫灵公一病不起,无法问政。太子蒯聩出逃,不知所终。夫人南子隐居深宫,不愿见人,有说是怕有刺客,有说是躲着流言。

孔子听说后,怅然许久,一再叹气,说:"鲁卫之政,一乱如此,真似难兄难弟,都没有希望了。"

就这样,在一个阴沉沉的早晨,孔子向卫灵公辞了行,再一次毅然离开卫国。

卫都越来越远了,南子慢慢沉淀在了记忆的深处,只是她闪动的明眸,灿烂的笑貌,袅袅婷婷的步态,随风飘动的秀发,还有淡淡的馨香……在感觉中还会不时闪回,让孔子的心感到阵阵被噬咬的痛苦。

众人急急赶路,经过曹都陶丘,也未停留,而是绕城而过,一路南下。傍晚时分,行到一个小村庄,正值夕阳落山,只见家家户户,泥房瓦屋,土墙木篱,都浸在红彤彤的余晖中，滤去杂乱，透出整洁安静。到了村口，孔子叫车停住，举手遮额，眯眼眺望，觉得这小村看着眼熟，似曾到过。一问，这里是亓官庄，已是宋境了。

听到"亓官庄"之名，孔子心里一动，有一种恍若时光倒流的感觉。这是他当年来迎亲的地方，妻子亓官氏就是这村里的人。

许多往事一下子涌上心头。

他想起了妻子亓官氏，想起了儿子伯鱼。自离开鲁国后，他已很少听到他们母子的消息了。

第十章　夫妇

（编年：孔子十九岁）

亓官女和衣躺在新床上，含羞佯睡，等着新郎过来。新郎仍端坐在窗前几旁，在灯下读书。

这是她的洞房花烛夜。婚宴散了，白日的喧闹随着宾客一起离去，新房里静悄悄，只有高高的花烛，偶尔会"噼啪"响一下。她躺在床上想，新郎一会儿是不是真要和自己同衾而眠了？是自己先解衣呢，还是等他来解？解了衣，他会做些什么呢？想到这儿，她脸羞得发热，心里既期待，又懵然。

迎亲的车驾，是黄昏前后进的村。那时，夕阳满山，窗子映得红彤彤。一驾披红挂彩的马车，在村里一群孩子的追拥下，围着院子绕了三圈，停在了家门口。透过窗子，她一眼瞥见了车上站着的新郎。他又高又瘦，亲自驾着车，执缰挥鞭，有招有式，让她第一眼看了就满心欢喜，又禁不住往窗外偷偷多瞥了几眼。当时，她在后东厢房里，盘了头发，涂了脂粉，点了红唇，换了新衣，刚刚打扮停当，一边和娘哭着，舍不得离开家，一边心里盼着，新郎快点接她。

新郎下了马车，进了院门，提衫蹑足，碎步急趋，走向在庭前迎候的岳丈。明明几步路的距离，他偏不走直线，而是沿

第十章　夫妇

着院墙，绕了一个圈儿，边走还边行着大礼，惹得村里看热闹的人都"哧哧"直笑。待将新娘子从家中接出，扶上了车，人还未站稳，他那边又开始向围观的众人鞠躬致意，马儿们以为要起驾了，惊得一动，害得她差点从车上掉下来，大家又是一阵笑。

她心里倒是美滋滋的，觉得他与众不同。到底是读书人，知书识礼，讲究规矩，与村里那些一身蛮劲的野小子就是不一样。

婚礼结束了，客人散尽，洞房里只剩下他们俩了。她正羞得不敢抬头，不知该坐着还是该睡下，他却向她郑重地说，婚者，合二姓之好，上以事宗庙，下以继后世，乃礼之本也，不可草率。请娘子先睡，他要再查一查《周礼》，看看新婚之夜有没有什么注意事项。

那一刻，她对新郎的崇敬，达到了顶点。

他怎么还不过来睡呀？她躺在床上有点着急，又为自己这么着急觉得有点不好意思。

虽是媒妁之言、父母之命，这包办婚姻，却令她满心洋溢着幸福的感觉。新郎姓孔，名丘，字仲尼，在季府做事，有文化，气力大，不说十全十美，至少也是文武双全。他就是看上去有点一本正经。不会老是这样吧？她想，要是整天这样不苟言笑的话，那以后的日子多没意思啊！她才十六岁，喜欢玩，喜欢笑，喜欢热闹。

他怎么还没过来啊？那书里真有什么那么好看吗？

想着想着，她竟一下子睡着了。一眨眼的感觉，窗外的天已经大亮，自己和衣睡了一夜。睡眼惺忪之中，她见夫君仍坐

在窗前几旁,只是身上的结婚礼服已脱,换了一身白素的连裳深衣,捧着一册书,正在吟咏:

　　桃之夭夭,灼灼其华。
　　之子于归,宜其室家。

　　吟完,还自言自语地说了一句:"周女真是可爱啊!"
　　她正在欲醒未醒之时,听到夫君之叹,以为夫君另有所爱,与一个周女相好,心里微微有些酸,心想,怪不得手不释卷啊!一赌气,又睡了过去,等到再睁眼,已日上房檐,满屋是明暖的阳光了。
　　一年后,他们的孩子出生了。
　　儿子出生那日,正是鲁君即位十年大庆,季孙、孟孙和叔孙三家,都上了贺礼,鲁君也赐物还礼。鲁君的赐物,多是食品,有鸡有鱼,季平子看不上,让散发给府内员工。季府员工人多,鲁君鸡鱼量少,且鸡有肥瘦,鱼有大小,民不患寡,只患不均,大家只好抓阄。那天,夫君手气好,居然抓到一条鲤鱼。他拎着鱼回家,一路上念叨着鲁君之恩,进家门时,正赶上儿子呱呱坠地,心里着实感动,便给儿子起名叫"鲤",字伯鱼,算是谢鲁君之恩。
　　又一日,夫君从外面回来,喜气洋洋,说是季府牧场有个乘田的职位,专门负责牲畜的繁衍,让他去做。亓官女听了,也为他高兴,从仓库回到畜圈,以前是驱驴赶马,现在要管牛管羊管猪,显然是提拔了,只是担心他不懂牲畜的繁殖,没有经验。夫君不以为然,说:"那有何难?不过是发乎情,倒不

第十章 夫妇

必止乎礼也。"

一晃七八年过去了。夫君每日在季府应差,尽心尽职。驾马赶车,从没出过事故;当了委吏,看管仓库,更是计数精确,账目清楚;做了乘田,牧养牲畜,也是牛羊添丁,猪马茁壮;后来升任司空,负责工程,工期从来不误,款项绝无亏空。他因此成了季府中的劳动模范,不但总管阳货知道了,连季平子也有所耳闻。

亓官女此时也成了亓官氏,整日在家忙碌,做饭带娃,蓬头垢面,脸上已无姑娘模样,浑身都是大嫂丰姿。

到了今天,她对夫君越来越满意,但多少也明白了一个道理,嫁的男人越是优秀,婚后的日子也就越是麻烦。

夫君是读书人,做人的标准高,对妇德的要求也高。新婚之时,她睡了懒觉,夫君就说她"妇德不修",让她心里很委屈。婚后新媳妇是该早起洒扫,沐浴更衣,拜见公婆,但夫君是孤儿,自己并无公婆,多睡一会儿又怎么了?再说,这也不是一点没有原因的。后来,亲戚们来贺喜,要吃新娘子做的饭,她下了厨房,做了一个"酒渍炖鸡",招待客人。夫君见了就摇头,说照规矩,婚后新娘要用烤乳猪招待亲戚,不能用鸡。可她怎么知道这些规矩呢?吃完饭,她分了些咸鱼给娘家人,让他们带回去,夫君见了,又是摇头,说按礼节,该送肉脯,表示自己在夫家有肉吃,待遇优厚,怎么能送咸鱼呢?好像是说自己到了夫家,就像咸鱼翻不了身了似的。好在亲戚们并不见怪,拿了东西,总是高兴。

对妇德的要求高,对饮食的要求就更高了。夫君饭菜不仅讲究味道,刀功也要求细致,选料更是精益求精。鱼有点不新鲜，肉有点变色，一定弃而不用。吃肉必然问，这猪是怎么死的？没有经过正当屠宰仪式的猪，他坚决不吃。要是饭焖煳了，粥煮得过了，炒菜忘了放姜，大葱没有蘸酱，他是死活不肯下箸的。光是挑剔厨艺也就罢了，在家一起吃个饭，让人也累得慌。家人同桌吃饭，本应热热闹闹，他却正襟危坐，一言不发，像是上了国宴似的。她在餐桌上唠叨几句，便会遭他侧目而视，意思是进餐不得出声，常让她憋得咽不下饭去。

那日，亓官氏正在厨房忙着，准备晚餐，夫君从季府回来，独自在屋里吟《诗》，还是那几句，隔着墙壁，一句句地飘了过来：

　　桃之夭夭，灼灼其华。
　　之子于归，宜其室家。

亓官氏听了，想起当年的新婚之夜，心里不舒服，故意不去翻锅里煎着的鱼，任它"嗞嗞"地飘出一股焦味。

这时，鲤儿刚好从前庭里跑过。他喜欢跑来跑去，前门出，后门进，穿梭往返，一刻不停。见父亲在，想要溜开，却被叫住。鲤儿八岁了，识字之外，正在学《诗》，爹问他："学《诗》了吗？"说着叫他背一首，起了一个头，"硕鼠、硕鼠"，见他背不出，就训他："不学《诗》，何以言？"又问："学礼了吗？"鲤儿低头不响，爹更气了，说："不学礼，何以立？"小孩子吓着了，哇哇哭，一边哭着，一边瞄着厨房。

亓官氏出来了，说别拿孩子撒气，又喊吃饭。仲尼正心烦，见座席没有铺好，忍不住抱怨说，古人席不正，不坐；这

第十章 夫妇

没有席,怎么坐?

她恼了,摔下手中炒勺,解开腰上围裙,罢了工,说:"知道你嫌弃我们娘儿俩,休了我就是了。"说着,委屈地"呜呜"哭了起来。

仲尼心烦,摇着头说:"算了。算了。真是唯小人与女子难养啊!"

听了这歧视妇女的话,亓官氏更恼了,心中憋了多年的怨愤一下子冲了出来:"知道你心里只有周女,叫周女来伺候你呀!"

"什么周女啊?"仲尼莫名其妙。

"你还不承认?你天天嘴里念叨她,说她多可爱!以为我听不懂吗?"

仲尼听了,知道她将自己所赞叹的周代之女,想成了邻家的周氏之女,一时无从辩解,更觉胸中郁闷。想想自己身通"六艺",读了一肚子诗书,如今连家都齐不了,将来如何治天下呢?又想,年近三十,功又不成,名又不就,在季府做些鄙事,似乎也不是一个君子的作为。想着想着,禁不住长吁短叹起来。

正在吵闹之际,院外忽然走进两位少年公子,都是高冠锦服,佩玉系剑,进了院门,就高声问道:"孔丘先生在家吗?"

仲尼赶紧迎了出去,见两位公子面生,就执礼问道:"在下孔丘。敢问二位公子是?"

两位公子赶忙还礼,望着仲尼,都笑吟吟的,其中一个说:"先生也许不记得我们了。我们是孟孙府上的,我叫仲孙阅,这是我哥仲孙何忌,我们在季府门前见过。"

仲尼有些脸红，记起当年去季府赴宴被拒之事，又隐隐约约想起，当时在季府堂外，遇到过一位老者，带着两位小公子。

那位公子继续说："家父在世时，说先生是宗室之后，知书识礼，日后必有出息，嘱咐我们跟你好好学礼。正好，鲁君派我们去雒邑考察周礼，冒昧相邀，不知先生愿不愿与我兄弟二人同行？"

仲尼听了，惊喜异常："你说，是去王城吗？"

第十一章 宋

（春秋　鲁哀公二年）

鲁定公去世的消息，孔子是途经宋都商丘时才听到的。消息是冉求带来的，他回了一趟鲁国，去看老母，刚从鲁都回来。他讲了不少曲阜的旧闻新事，说新君即位，典礼热闹非常，倒是那天定公的葬礼草率了，葬礼未完，突然一阵瓢泼大雨，众人全跑散了，省略了许多仪式。

孔子听后，神色黯然，独自忧伤了许久。他想起当年鲁定公第一次召见自己时的情景。隆冬之夜，城中风雪弥漫，不见街巷。宫中诏令传来时，已过了三更，自己从床上爬起，手忙脚乱，着装戴冠，不敢丝毫怠慢马虎。家中马车一时备不好，他怕误事，索性徒步先行，在大雪中，摸索着走了半个时辰，先于马车到了王宫。鲁定公正在寝宫等他。宫内烛火明灭，温暖而昏暗。鲁君头发披散，胡子蓬乱，高瘦的身子罩在一件宽大的睡袍中，正在榻前踱来踱去，显然因忧国忧民而长夜无眠，见了他，愣愣地盯了一会儿，冷不丁地问道："有没有一言可以兴邦的？"那振兴国家的急迫之情，真是溢于言表。当时，他一激动，喷嚏起来，接连三个，一时涕沫横流。外面大寒，他走得手脚冰凉，头上肩上都是雪花，眉梢上也结满细冰，猛然进到暖乎乎的地方，内冷外热，就有了感冒症状。当然，不知道的，还以为他感动得痛哭流涕。

现在回想起来，君君臣臣，没有明君，臣不说当不好，当都当不上。鲁定公算不上明君，至少也是有为之君。勤于问政，勇于治国，于自己有知遇之恩。可惜啊，如此有为之君，竟会为那些齐女而荒废政务。看来，红颜即使不是祸水，女色也能亡国啊！君王迷色，就分不清孰轻孰重，郊祭之日，不去祭天祭祖，而去城外看艳舞……想到这里，孔子摇着头，暗自叹息。不知怎么，他突然想起了南子，不禁自嘲似的苦笑起来。当年，季桓子说自己不懂女人的妙处，也许不无道理，自卫国见了南子之后，他在心里多少原谅了定公。以前，他常对弟子们说，少年之时，血气未定，戒之在色。现在看来，即使老了，血气已衰，戒之依然在色。

翌日，孔子让弟子们在城南郊外设了一个祭案，一是为了追悼鲁定公，有遥祭之意；二是怕弟子们多日没有习礼，动作生疏了，借此练习一下，有个仪式，走个过场。那里有棵古柏，其树高大笔直，根深叶茂，有不屈之姿、凌云之态。孔子见了喜欢，觉得有君子之相，便将祭案设在了树下。

此处离都城商丘不远，不过十里之遥。孔子这次过宋，一直走村穿乡，不敢进城，经商丘也是过而不入，与弟子们在郊外住下。

在宋国，他想避开一个仇人。他就是司马桓魋。

说起来，他和这个桓魋，从未谋面，却已结下深仇。

桓魋在宋国，犹如季氏在鲁，也是说一不二的人物。他身为司马，掌军控政，权倾一时，加上为人骄横跋扈，气焰远远压过了宋君。他性喜奢靡铺张，不但生前纵情享乐，而且注重死后的生活质量，为此，特意从西南群蛮山区采来一块通整的大理石，打造石椁，为自己后事准备着。那石重千斤，形正体方，质地细密，且透白如玉，据说，做成棺椁，尸体放入，可以千年不腐、万年不烂，死者永远栩栩如生。他雇了匠人二百，昼夜打制，雕禽刻兽，琢花绘纹，历时三年，犹未完工，仿佛立志要做出一件千年后惊世的出土文物。这事传到诸侯各国，成了笑谈。孔子听说后，很是气愤，在鲁国为弟子们授课时，常常以此为"不仁"之例，进行批判，还说过："如此奢靡之人，死后还是速朽的好。"这话不知怎么传到了桓魋的耳里，恨得他牙根痒痒，说："好，你孔丘想让我速朽，我叫你不得好死！将来别落到我的手里。"

现在孔子到了宋国，自然不想落入他的手中。

孔子和弟子们换上祭服，戴上高冠，开始祭祀的演练。按着礼仪要求，弟子们排列成行，鱼贯上前，将祭礼的全套动作一一做过一遍。孔子坐在一旁高凳上，不时为弟子们纠正一些错误动作，又如同评委似的，为他们一一打分。

就在这时，忽见有人从城里面向这边跑过来，一边急奔，一边大叫："夫子，不好了！有人要来杀你了！"

那人跑近，才看清是弟子司马牛。他是宋国人，说起来，还是桓魋的异母兄弟，昨夜进城去探望老母了。

弟子们正在稽首、鞠躬、上供祭品，忽然听说有人要来杀夫子，惊慌得都停了动作：伏地的，趴着不起；折腰的，撅着不动；端果盘的，站在那里发傻。

子路拔剑出鞘，怒睁圆眼，做出保驾护航的姿态。颜渊赶紧收拾东西,归拢器什,怕一会儿撤离时丢三落四。子贡走到孔子身旁,小声说:"夫子,要不要避一下?"

孔子不惊不慌,待司马牛近前,沉着地问道:"谁要杀我?"

"桓魋。"

"桓魋怎么会知道我在这里呢?"

孔子看着司马牛,目光严峻。难道弟子中有人走漏了风声?心里有了一丝疑惑。

在夫子的注视下,司马牛低下了眼睛,有些慌乱地说:"我也不知道,只是看见兵马出城了……"他心中一紧,夫子是不是怀疑是他把消息泄露出去的?他是桓魋的兄弟,不能不让人怀疑。

孔子镇定地说:"我不怕桓魋。道义在我一边,难道他真敢杀我?"

子贡见夫子犯起呆劲,变得可笑起来,怕他吃了眼前亏,心里着急,就上前说:"他才不管你有没有道义。兵马一到,乱剑之下,我们大概只有殉道的份儿了。夫子还是先避一避吧。"

孔子仍不为所动:"天让我有德,我命在天,桓魋能拿我怎么样呢?"

子路、颜渊等也着急起来,劝夫子赶紧走,说夫子在,道才在,夫子不在,道又何存?这时不能和小人一般见识。

孔子仍坚定不移,坐在高凳上就是不动,继续说:"我命在天,桓魋能拿我怎么样呢?桓魋能拿我怎么样呢?"

这时,城门那边,一片尘烟腾起,滚滚灰土里,一队人马正向这边冲杀过来,明晃晃的刀枪剑戟,在日光下和尘雾中一

第十一章 宋

闪一闪的。

子路见情势紧急,扯开嗓子喊道:"夫子,都什么时候了,别说了,快走!"

说着,冲上去,不管夫子愿意不愿意,脱了他身上的礼服,换上一身褐衣,又将他推上马车,冲马抽了几鞭子,让车子往南边飞驰而去。弟子们也纷纷摘冠换装,四下逃散。片刻之间,刚才的庄严之所,变成了狼藉之地。待桓魋带兵赶到这里,只见祭品满地,鼎甌横斜,唯有祭案上的香烛,仍静静燃着,一缕青烟,袅袅直上。

桓魋见了,恨得乱踹马肚子。他抬头望见了那棵古柏,无比高大正直的样子,怎么看怎么觉得不顺眼,便挥鞭叫兵士把它砍了。兵士们听了,先愣了愣,等明白过来长官的意图,就齐冲上前,刀砍斧剁,剑斩戟刺。砍树虽比杀人容易,但也忙活半天,才把那棵参天大树放倒。

桓魋觉得胸中那口闷气,稍稍出了一些。

没有逮住人,桓魋便传令都城及境内沿途各关口,紧闭城门,严查过往行人,务必捉拿孔丘等一行。

孔子的马车狂奔了一阵,他与弟子们全都走散了。一路所过城关,都悬着通缉令。那通缉令上画着自己的像,画得不太像,但下面列着三条大罪:一是聚众传播邪教;二是设坛祭祀异君;三是奇装扰乱市容。条条都是死罪,令人心惊胆战。他不敢再走大道了,就弃了马车,微服匿行,落荒而逃,专拣些田间阡陌,荒野小道,东跑西奔,一气乱走,也不管脚下有没有路,跌跌撞撞,只想尽快走出宋境。

走着走着,竟渐渐迷了路,失了方向,猛然发现,自己孤零零地站在旷野中，四顾茫茫，完全不辨东西南北了。

倏忽间，暝色四合，将一切隐没在无边的黑暗中。

孔子惶惑起来，在那一瞬间，突然感到了从未有过的迷茫、孤独和无助。多少年来，他一直坚信，上天赋予他使命去改变天下。面对国君和诸侯，他没有感到过恐惧和胆怯。他记得，当年在周京雒邑向老子问礼时，老子告诉他，君王们更强大，因为他们有社稷和王位，有兵马和刀剑，有律法和牢狱。他不相信，觉得自己更有力量，因为他有道义，而这道义是世上无人能够抗衡的。现在他懂了，老子是对的。胸怀道义的他，如今被通缉，在深夜的荒野中乱跑，像一只被人追杀的猎物。

一生难道要终了于此了吗？他仰首问天。如果真的要终了于此，就说明上天没有赋予他什么使命。如果上天没有赋予他使命的话，自己的一生又有什么意义呢？

天上无星无月，不见微光，四野无声，万籁俱寂。天地间似乎回到了洪荒时代，于人世的纷扰，表现出了一种亘古如斯般的漠然。

他一生在为君王指引大道，而现在，自己在荒野中找不到路了。

第十二章　智者

（编年：孔子二十八岁）

　　周王的图书守藏室里静寂无声。一排排架子无精打采地立着，一部部竹简百无聊赖地码放在上面。午后的阳光，淡淡投射进来，在地上映出斑斑树影，树影又在不知不觉中，悄悄挪移着。

　　老子坐在排排的高架后面，正聚精会神地看着一片甲骨，因为眼神不好，他的脸凑得极近，像是快要贴上去了。

　　他在这里像这样一动不动地坐了六十多年了。作为守藏史，没有人记得他原来的姓名，也没有人记得他是什么时候来的。为了尊老，也为了方便，大家叫他老子，并且知道他会终老于此。

　　老子长发披散，须髯杂乱，像一个荒野土著，只因爱沐浴，还算保留了一点文明的习惯。

　　他刚刚洗好澡，换上干净衣裳，因为有客人要来。

　　他每天守着满屋子长长短短的竹简和烟熏火燎过的甲骨，思考一些玄妙而没有现实意义的问题，除了助手庚桑楚，一般不见活人，更不要说见外客了。

　　今天，他要破例了。

来访的客人是鲁国大夫孟僖子的两位公子，他们奉鲁君之命，开了介绍信，专程来周京雒邑考察礼仪。世上之人，最喜这些虚礼浮事，君王尤甚，真是没有办法的事。孟僖子是老友了，生前有过书信往还，子侄来见，推辞不掉。听说，同行的还有一个叫孔丘的年轻人。

守藏室的那头，"咚咚"地响起了脚步声，他嗅到了尘土味。这室内多年不扫，无为而治，四处落满灰尘，自然而均匀。平时没人来，倒也不觉得，现在客人一踏，就尘土飞扬了。

助手庚桑楚将三位远客领到了面前。他想站起身来，但腿脚使不上劲，没有成功。长年坐着读简，他腿上的肌肉，完全萎缩了，支撑不起沉重的肉身和硕大的头颅。他只好在座位上欠了欠身，然后，抬起眼睛，仔细打量了一下眼前的这几位年轻人。两个华服锦衣的，应当是孟家公子了，都长得眉清目秀、聪慧灵动，看上去像是良家子弟；后面那个高个子后生，一身布衣，高冠宽袖，显得奇异古朴，想来该是那个孔丘了。他又多看了孔丘一眼，见他立在那里，有些木讷，但浑身隐隐透出一股淡紫色的英气。怪不得，一早起来，就觉得紫气东来，当时还以为是春分过后，日照中紫外线加强了的缘故。

"君子得其时则驾，不得其时蓬累而行。看三位公子轻车骏马、意气风发的样子，一定都是得意的君子了？"

老子大声说道，热情而友好。他河南口音很重，咬字虽然不准，声调却是抑扬顿挫。

三个年轻人笑了，有些腼腆。

哥哥仲孙何忌先说："奉鲁君之命，来京师雒邑观礼，有幸拜见大师,许多不明之事,想当面请教。"

老子说:"我本不是讲礼之人,只是读些古书,略知一二。诸位公子,既然不远千里而来,就请问吧。"

仲孙何忌问:"天子崩,国君薨,群庙之主,移位于祖庙,葬礼之后,何时返庙复位?"

老子说:"卒哭之后。"

弟弟仲孙阅问:"送葬之宾,路遇日食,应当如何处置?"

老子说:"停柩靠右,止哭待变,日出而后行。"

哥哥仲孙何忌又问:"诸侯见天子,几种情况下不得终礼而天子不怪呢?"

老子说:"四种情况。一是庙火;二是日食;三是后之丧;四是大雨湿衣。"

…… ……

两位公子不停地问,老子一一作答,一旁的仲尼在紧张地记录。

问答完毕,室内静默下来,气氛肃穆。

这时,老子突然说:"天下有道,何必问礼呢?礼者,乱之首也。失道而后德,失德而后仁,失仁而后义,失义而后礼。讲礼之时,就是失道之日,天下一定是乱得一塌糊涂了。"

几个年轻人,正沉浸在周礼的博大精深之中,听了这话,顿时面面相觑。

一直没有说话的仲尼,这时开口了:"敢问何为天下之道?"

"老夫何敢言道？敢言道者，只有当今之博士吧？道可道，非常道；名可名，非常名。道之为物，恍惚之间，先天地生，不可名状。强为之名，字之曰道……"

仲尼抓住间歇，继续追问："天下大道，循而行之。大道不明，何去何从？"

老子微笑了："道生一，一生二，二生三，三生万物。一统天下，两国相争，三足鼎立……仔细体会。仔细体会。"

两位公子此时早就蒙了，不知老子在说些什么。仲尼也听得似懂非懂，皱着眉头，正用力思考，想领会其中深意。

想了一会儿，仲尼换了一个角度，又问："天下失道已久，诸侯征战，邦国无秩，君臣自谋，人心散乱，不知该从何处收拾起？丘读遍《诗》《书》《礼》《乐》，就是找不到答案。"

老子微微颔首，指了指一室满架的竹简，缓缓说道："子之所言，实乃书生之见。书者，陈言遗迹也。言为人之思也，其人骨已朽，其言也就陈旧了；迹为履之所出，其履底已烂，其迹又何处留痕呢？书中道理，只在书中是道理，世间如何行得通呢？"

"敢请大师指点。"

"天之道，损有余而补不足；人之道则不然，损不足而补有余。归依天道，天下自然太平。"

"这些道理，怎样才能给君王讲明白呢？"

老子笑了，睁大眼睛，饶有兴味地看着仲尼。他喜欢眼前的这个年轻人，好争辩，认死理，让他想起了自己年轻时的样子。

"君王哪里要听这些道理啊？"

第十二章 智者

"人总是要讲道理的。君王是人,当然也要讲道理。"仲尼执拗地说,"道理只要对,君王就应该照着去做。"

"君王自有君王的道理,他不要听你的道理,他要你听他的道理。"

"那要看谁的道理对啊!"

老子哈哈笑了起来,咧开了瘪下去的嘴,里面没有一颗牙齿了:"君王有社稷,有王位,有兵马,有刀剑,有律法,有牢狱。他比你强大,也就比你更有道理。再说,大家不是要靠俸禄过日子吗?"

仲尼愣在那里,半晌才说:"正是有俸禄之养,君子才更有责任,向君王指明天下之大道。不然,君子不就是失职了吗?"

老子摇了摇头,说:"我听说,富者,送人以财;智者,赠人以言。我窃智者之名,年轻人,就送你几句话吧。记住:聪明而好议他人者,死亡不远了;博辩而言人之恶者,危险近身了。为人之子,不要考虑自己的利益;为人之臣,不要有自己的思想。"

这时,阳光移走了,窗外天色阴沉了下来。老子背光坐在暗影中,身体的轮廓清晰,面目模糊,只剩下一双眼睛,灼灼闪亮,像黑夜里的磷光萤火。

"难道眼看着天下就这样乱下去吗?"仲尼还是想不通,低声嘟囔着,像是发问,又像是自语。

这时,老子已埋下头去,继续啃读那一片刻满文字的甲骨。光线太暗了,字已看不清了,不过,他读书本来就不真的用眼睛。

他嘴里念念有词:"天行健,道法自然。致虚守静,观复周行。道曰大,大曰逝,逝曰远,远曰反……"

客人们告辞了。老子又想站起身来,还是没成功,只好在座位上欠了欠身。三人踏灰扬尘地走了,走到门口,快要出守藏室时,老子把他们叫住。

他远远看着仲尼,张开了没有一颗牙齿的嘴,用手指了指,问:"牙齿还有吗?"

仲尼摇摇头。

他又指了指自己的舌头,问:"舌头还在吗?"

仲尼点点头。

老子没再说什么,高高地拱了拱手,算是和三位后生告别。

三个年轻人不知道老子和他们打的是什么哑谜,到了门口,不好走回去再问,也就拱拱手告别了。

庚桑楚将三人送到门外。老子望着他们离去的背影,轻轻叹了一口气:"后生可畏呀!可畏在身上的这股傻气。世上总会出一两个傻人,要去做一些傻事。没了他们,人世间怕是太冷清了,史书上也没有东西可记了。"

说完,他继续去读那片甲骨,却发现屋里太暗了,连那片甲骨也看不见了。外面的天全黑了,在庚桑楚回来点亮灯烛之前,他什么也做不了,只能静静地坐在黑暗里。

第十三章 郑

（春秋　鲁哀公二年）

孔子在荒野里胡乱走了一夜，感觉上是在南行。先走过一块麦田，一脚高一脚低的，拖泥带水；又穿过一片高粱地，拂面的秸秸穗穗，劈头盖脸。初秋天气，白日还暖，夜里就寒，加上浑身衣衫被露水打湿，冷风一吹，紧贴身子，真是凉意侵肌，寒气入骨。蹚过一条小溪后，又翻岭爬坡，几次失足掉进沟里，崴了脚，却不敢停下，硬撑着往前走。

晨曦微露时，终于远远见到一座城池。此时，人已精疲力尽，又渴又饥，实在挪不动步了，想进城去，找一个地方歇歇，喝碗热水，吃些东西，但不知此处是何城何池，怕里面也早悬着通缉令，哪敢贸然进去？独自在城门外磨蹭着，几番踟蹰。

正在徘徊之际，背后忽有人喊："夫子，你原来在这里，叫人好找！"

孔子心中一吓，抬头一看，惊喜万分，那迎面走过来的，不是别人，竟是子贡！

子贡见面前真是夫子，且安然无恙，也是既惊又喜。

原来，那天师徒四散，各自逃生。大家都往南跑，出了宋国。子贡和子路、颜渊后来碰到一起，一点人头，夫子不见了，都急得什么似的。夫子当时上了马车，本应跑在前头，怎么会不见了呢？别被桓魋捉了去吧？弟子们放心不下，立即分头去找，子路原路寻回，向北去找；颜渊向东，子贡向西，大家约好，不见不散。

衣冠楚楚的子贡，见夫子蓬头垢面，衣破鞋烂，盲流似的，心里不忍，赶紧说："快进城吧。"

孔子警觉地问："安全吗？"

子贡说："安全。这里是郑都新郑。"

孔子听了，愣在那里，恍然了半天，还是悟不过来："我一直往南走，该到的是陈国，怎么会到郑国呢？"

子贡笑道："看来夫子只识大道，不认小路。走着走着，偏了西，也说不定。"

散在各处的弟子，听说夫子找到了，无不欢欣鼓舞，奔走相告，纷纷赶到郑都，重新聚在一起。

大家见到子贡，都问他是怎么找到夫子的，子贡说："我沿途见人就问，见没见过一个人：额头如尧，脖颈似舜；肩比子产宽，身比大禹高，只是腰腿略短，大概少了三寸。人人都说没见过。一直走到新郑城外，碰到一个进城卖柴的樵夫，他说，这样的伟人没见过，东门外倒是有个人，来回转悠，一副六神无主的样子，看着不像圣贤，有点像丧家之狗。"

孔子听了，没恼，反倒笑了："把我形容成圣贤的样子，哪里找得到？说是'丧家之狗'倒是传神。"说着，叹了口气："狗尚恋家，人能不爱国吗？"他想起了故国。如果当年鲁定公不被齐女所惑，他怎么会辞别父母之国呢？更用不着一个人

第十三章 郑

在荒野中乱跑了。

众人言笑时,独有一人向隅,郁郁寡欢,闷闷不乐。那人便是司马牛。此次夫子在宋遇险,为非作歹的竟是自己兄弟桓魋,让他感到没脸见人,而且,他自己前一天还进过城,免不了有走漏风声之嫌疑。

一旁的子夏见了,问他什么事情不开心。

司马牛长嗟短吁了一阵,说:"人皆有兄弟,我没有了。"

子夏知道他在说桓魋之事,也不好劝,就说:"四海之内,皆兄弟也。君子何患乎无兄弟?"

司马牛无法释然,愤然地说:"有兄如此,倒不如生下来就是独生子呢。"

胸有愁闷,郁结一久,司马牛便病了,先是咳嗽,后是发烧,三日后,上吐下泻,昏迷不醒。弟子们怕他传染,把他抬到西厢房,隔离起来,每日只是轮流送些饭菜。说起来,这病最初是弟子伯牛得的,没几日,就死了。当时,大家就谣传此病会传染,现在司马牛又得上了,谣言被证实了,大家自然怕得要死。得病的伯牛和司马牛,名字中都有"牛",弟子们便私下把这病称为"疯牛病"。

孔子听说司马牛病了,要去探视,弟子们劝阻,怕传染了夫子。孔子不听,执意要去。大家争了半天,最后同意,夫子可以隔窗看望,不能进到屋里。

孔子来到西厢房,远远就闻到阵阵恶味,到了墙下,推开窗子,更觉一股病气扑面。随行的弟子,赶紧捂口掩面,但孔子神色坦然,毫不慌张。

屋里昏暗,司马牛躺在窗前炕上,裹着一条棉被。炕上一张破席，炕头放着粥食净水，炕角下有一个木桶，里头尽是一些呕吐、排泄之物。

司马牛病得容颜枯槁，两颊通红，早已脱了人形。昏迷中，他睁开双眼，看见窗外站着夫子，心里激动，伸出手去，想抓住窗台，挣扎着坐起来，可哪里撑得起身来？孔子赶紧伸出双手，隔着窗，紧紧握着他那滚烫的手。

司马牛说："夫子，我要死了。"

孔子说："生死有命。你不要胡思乱想。"

司马牛一阵剧咳，问："君子怕死吗？"

孔子说："君子不忧不惧。"

司马牛又问："怎样才能不忧不惧呢？"

孔子说："内省不疚，就能不忧不惧。"

司马牛听了，闭上眼睛，嘴唇颤动着，努力了几次，才说："夫子，桓魋虽是我的兄弟，但我进城没去报信，你肯信我吗？"

孔子更紧地握住司马牛的手，说："我信。"

司马牛听了，流出泪来，脸上露出一丝欣慰之色，又喘了一会儿，说："我可以不忧不惧了。"

自那日夫子探视之后，司马牛心一宽，那病竟渐渐好了，只是孔子却多了一块心病。

如果不是司马牛走漏的风声，那又会是谁呢？那日被桓魋追杀的前一天，进过城的，除司马牛之外，还有公伯寮、高柴二人。公伯寮人长得精瘦，脸长头尖，一只眼有点斜，有点心怀叵测之相，却是鲁国的家乡弟子，又与桓魋素无瓜葛，不该有害他之心；那高柴貌丑状恶，矮壮粗胖，脸有横肉，看着像个坏人，却一直有向上之心，也不应做落井下石之事啊。会是谁呢？孔子不敢多想，只能先将此事埋在心底。

不久，夫子也病了。原来，孔子在荒野乱跑时就感了风寒，抵抗力下降，后又去见了司马牛，密切接触，不小心染了病毒，虽身为君子，浑身正气，大义凛然，毕竟也有正不压邪之时，一下子病倒了，连日高烧不退，咳嗽不断。到后来，也是上吐下泻，几番昏迷，有了病危的迹象。

弟子们围在夫子病榻四周。

"夫子，求祷吧！向鬼神求祷吧！"子路说。

"有用吗？"孔子说，声微气弱，"你知道，我一向敬鬼神而远之。"

"民间都信这个，《诔文》中说：'祷尔于上下神祇。'病重了，只有这个办法了。"子路说。

孔子说："富贵在天，生死有命。我只信天命，在心里祷告很久了。"

说着，人又昏迷了过去。

弟子们昼夜守护，轮流在夫子身边奉汤端药，争先恐后，唯恐不能尽心。不想，后来也纷纷病倒，都是一个症状。最后，只有司马牛，因病后有了免疫力，没有再倒下，还能为大家打菜送饭，端屎倒尿。

昏迷十日后，孔子终于醒来，睁开眼睛，子路、颜渊、子贡都不在眼前，屋里屋外，也没有一个弟子，唤了几声，只有司马牛一人跑了过来，捧着一个陶盆，以为夫子又要呕吐。孔子问了他，才知道弟子们全都病倒了。孔子听后，闭上了眼睛，心中戚然。从鲁国出来时，随行弟子有百人之多；离卫之时，尚有五十多人；如今，走的走，散的散，身边只剩十多个弟子了，又都卧病不起。想当年，曲阜设坛授课，弟子如云，门庭若市，何等的盛况！一晃三十年了，弟子零落，师徒潦倒，令人无限感伤。又想到，这一病，只能先在郑都滞留下来，不知何时才能动身。赴陈之日，似乎又要遥遥无期了。

第十四章　弟子

（编年：孔子三十岁）

公子仲孙阅赶到杏坛去听仲尼授课。他到晚了，院子里挤满了人，人们或坐或蹲，或站或立，有爬墙的，还有上房的。仲孙阅好不容易才从门外挤进去，一身锦衣，蹭了不少灰土，掸也掸不掉，但在满院短褐粗衣中，还是显眼夺目。这时，高高坐在杏坛上的仲尼开讲了。

所谓杏坛，就是仲尼自家院子里的一个土堆。土堆被垫高，上面整平，置了一块大圆石，算是筑了一个坛。土堆旁边有棵银杏，新植不久，树干细长，阳春之月，枝叶扶疏，新芽才绿，子实微露。那坛因在银杏树之下，便称为"杏坛"。

仲尼的博学之名，在季府的马夫、厨师、门卫、库管中，本来就有口碑，备受敬仰。大家听说他在家筑坛讲学，以为办了识字班，纷纷报名，唯恐错过。第一批来听课的，都是在季府和仲尼先后共过事的杂役伙计们，有赶车的颜无繇，有做饭的曾点，还有看门的闵损，扫地的冉耕，守库房的琴张，另有一个不久前从街上捡回来的名叫子路的野孩子。众人拜仲尼为师，因都是熟人，仲尼不好收费，就要大家交点米、面，象征一下，算是学费了。要是正规的话，弟子拜师那是要交"束脩"的，就是货真价实的干肉。

来听课的人中，只有公子仲孙阅是富贵人家的子弟。父亲孟僖子死后，哥哥仲孙何忌袭了爵位，他便搬出家，在南宫另住，渐渐就以南宫为姓氏了。

那年，从周京雒邑问礼归来，一路上，他和哥哥一直在争论老子最后那齿舌的哑谜。

哥哥仲孙何忌认为，老子的意思是唇亡齿寒、齿落舌冷的意思，没了唇，齿寒；没了齿，舌头会更冷。

他不同意，说大师根本就没提到唇。

哥哥说：是没提到唇，但可以推理出来嘛。这里面有逻辑。不是这意思，你说是啥意思。

他说，是祸从口出的意思。牙齿虽硬，却管不住舌头；没了牙齿，就更管不住舌头了。

仲尼一路神思恍惚，无言无语，这时忽地冒出一句："牙齿不行，只能靠舌头了。"

"是说吃肉吗？"他们兄弟俩不明白，一齐发问。

仲尼摇摇头，说："不是吃肉，是在说道呢。天下之道，虽在君子一边，可谁又信之？诸侯争霸，是征伐，凭的是兵马刀剑，武装到牙齿；君子行道，是舌战，凭的是义正词严，三寸之舌剑。齿者，天下之至坚；舌者，天下之至柔；大师之意是，天下之至柔终胜天下之至坚，齿落而舌在……"说着说着，仲尼若有所思起来，豁然顿悟，大呼道："懂了！懂了！"

"懂什么了？"仲孙兄弟更加糊涂。

"大道之行，始于舌下！"仲尼说。

回到鲁都，仲尼辞了季府里的差事，就开始设坛讲学，聚众授徒。

那天，仲尼授课，教大家先识"仁"字。

仲尼说"仁"，就是二人，说的是人与人的关系。于父母，就是孝；于兄弟，就是悌；于夫妇，就是爱；于子女，就是慈；于君王，就是忠；于朋友，就是信；于他人，就是诚。总而言之，"仁"的原则，就是"忠""恕"二字。"忠"是尽己，就是尽心尽力，全心全意；"恕"是待人，就是"己所不欲，勿施于人"。如何才能做到"仁"呢，说起来，也很简单，就是"克己复礼"四个字。内为克己，即抑制欲望；外化为礼，即非礼勿为。

天下的道理，经仲尼这么一梳理，立即变得条理清楚，丝丝入扣。满院的人，听得茅塞顿开，心境明亮，立时觉得自己离君子不远了，连院外的鸡鸭，也频频点头，规规矩矩，不再乱喊乱叫。一树银杏，更是在不知不觉中，叶果满枝，如花似蕊，缤纷无限。

仲尼一讲就是几个寒暑，春风雨露，日精月华，尽在其中。来听课的弟子，越来越多，院里院外，大班小班，众人听得如醉如痴。

授课之余，仲尼带着弟子们去瞻观太庙，教大家识些礼器，像鼎、簠、簋、鬲、俎、豆、釜、钟、镈，以及锅、碗、瓢、盆等等。那时，颜渊只有五六岁，见到一种悬而中空的器皿，以为是玩具，不肯移步了。仲尼因材赶紧施教，告诉他："这是欹器，虚则斜，中则正，满则覆，体现了做人之道。"幼小的颜渊，听了似懂非懂，但他长大成人后，做人一直谦虚谨慎，也许和这次幼年启蒙不无关系。

仲尼和弟子们也曾登泰山而小天下，体验一下壮志凌云的感觉。那日，从山中归来，途中遇见一妇人在墓前啼哭，甚是凄苦。子路上前劝慰，那妇人说，自己的公公、丈夫、儿子都被山中老虎吃掉了，自己怎么能不伤心呢？仲尼听了，关切地问，干吗还不赶快离开这里呢？妇人抹着眼泪说，山里没有苛政啊！仲尼闻言，长叹了一声，转身对后面的弟子们说："记住啊！苛政猛于虎。"说完，怕弟子误解，又加了一句："说的是老虎，不是阳虎。"

仲尼为师日久，人渐老成，完全是一副老师的模样了。弟子们尊称他为"夫子"，不再"仲尼，仲尼"地乱叫了。

一日，出南郊，过沂河，仲尼见河水滔滔，滚滚东逝，心中忽有所动，惊觉时光如流，感叹说："逝者如斯夫，不舍昼夜！"想起岁月荏苒，自己已过三旬，学而未用，不免有些伤感起来。

那日午后，平日诲人不倦的他，讲完德行、政事两课，竟有些倦了，没讲言语、文学，就散了课。

这时，仲孙阅来见，他要和哥哥一起去一趟齐国，向夫子来请假。

时值暮春，风轻云柔，天晴日暖。院子里静悄悄的，夫子坐在杏坛上，和几个留下的弟子正在随意闲谈。

仲尼说："我年长你们几岁，又是你们的老师，现在下课了，大家谈谈志向，倒不必拘束了，想说什么就说什么。平常，你们总是抱怨天下没人知道你们的才干，虽说君子应当'人不知而不愠'，但如有君王要重用你们，你们想做些什么呢?"

子路听了,抢着回答:"给我一个千乘之国,即使外有大国侵扰,内有饥馑相逼,只要三年时间,我就能让它全民皆兵,有勇有谋。"

仲尼笑了:"由啊,你就知道使勇好斗。"说着,转向旁边的冉求,问,"求,你如何呢?"

冉求想了想,沉稳地说:"给我一个方圆六七十里的地方,我来治理三年,一定解决温饱问题。至于礼乐之兴,大概要等君子来了。"

仲尼点点头,说:"求,好志向,可惜不远啊!"说着,又问一旁的公西华,"你又如何呢?"

公西华是富人家的孩子,刚入门拜师,平日温文尔雅,见夫子问到自己,未语脸先红了,想了一会儿,谦逊地说:"我不敢说自己能干什么,只是愿意多学一点。要是有机会参与宗庙之事或是诸侯盟会,穿上玄色礼服,戴上章甫之帽,我可以当好司仪。"

这时,一阵琴声响起。原来,院子那边,曾点正在鼓瑟。他在厨房,长年挥刀舞勺,炒菜焖饭,如今鼓起瑟来,也铿铿锵锵,节奏分明,急如剁肉,缓似切菜。

仲尼这边大声喊他:"点,你又会怎样呢?"

曾点听见叫自己,没有马上停下来,坚持将一曲弹毕,待瑟声渐渐稀落下来,"铿"的一声停住,才冲这边大声说道:"我想的,恐怕和三位的不一样啊。"

仲尼说:"没关系,各言其志嘛。说说看。"

曾点说:"在这样暮春的日子,换上春衣,约上朋友五六人,童子六七人,一起到沂河里游泳,在舞雩台上吹风,然后唱着歌归来。"

众人听了,都静默了,各自在那境界里沉浸了许久。

最后,仲尼微微点着头,喟然长叹:"我的志向和点的一样啊!"

仲孙阅一直在旁静听,没有说话,听到这里,心里倏然一动,似有所悟,好像体味到周王盛世、尧舜气象,正想说些什么,忽然听到远处隐隐传来喊杀声,大地微微在颤,像是千万人在地上一起奔跑。众人惊愕互视,仲孙阅刚想叫人出去打听,只见哥哥仲孙何忌,带着几个家丁,执剑携枪,慌慌张张地闯进来,进门就喊:"不好了,鲁君反了,正带兵攻打季府,季平子急招孟孙、叔孙氏的府兵,合力抗击昭公,胜负难说。鲁国肯定要乱了。大家快躲躲吧。"

仲孙阅急问:"怎么回事?他们君臣不是一直相安无事的吗?"

哥哥仲孙何忌跺着脚说:"还不是为一些鸡飞狗跳之事。季平子和大夫郈昭伯斗鸡,季平子的鸡装了金爪,郈昭伯的鸡披了铁翅。结果,季平子的鸡斗输了,他就放狗去咬郈昭伯的鸡。郈昭伯的鸡正在那儿引颈高鸣呢,不想,被季平子的狗一口咬断了脖子,差点鸡头落地,惨不忍睹。郈昭伯名恶,自然也不是什么善人,跑到鲁君那里告状,说他人是鲁君的人,鸡也就是鲁君的鸡。昭公本来心里憋气,梦里都想灭了季氏,这次一激动,就自不量力了,趁机率师攻打季府。嘿,这事说来话长,一时也讲不清,大家还是快跑吧!"

众多看热闹的闲杂人士,刚才还在门口晃着、墙头骑着,听了这话，一哄而散，瞬时就无影无踪了。仲尼坐在杏坛上，高高的，下不来，不知所措，幸好几个弟子没有弃师而逃，将他慢慢扶了下来。

师徒们愣在那里，都不知该怎么办，还是仲孙阅提醒道："我们也避一避吧！"众人听了，这才急急散去，各自回家。

不想，鲁国这一乱，竟乱了七八年。鲁昭公兵败，逃到齐国。国君出了国，就不是君了，也回不了国，只能在外流亡，成了侨胞。鲁昭公旅居在齐国乾侯之地，一住就是七年，直到咽下了那口不肯咽下的气。

后来，仲孙阅怕夫子在鲁国不安全，就劝他一起去齐国避难。

第十五章　晋

（春秋　鲁哀公三年）

孔子和弟子们在新郑待了多月，又到了秋天，大家才渐渐恢复过来。这期间，卫国传来消息，说是卫灵公不久前薨了。孔子听了，只是叹息不已，倒也不多打听帝丘城里的情势。他在忙着准备南下，继续赴陈。不想，正要动身之际，忽然周边战事又起，几个诸侯打成一片，由郑赴陈的道路，已经完全不通了。

先是晋国内乱，大夫范氏、中行氏在邯郸起兵反叛，攻击执政的卿大夫赵鞅。齐、卫两国见有机可乘，立即合师攻晋，又要郑为后援，把郑国也拖进了战争。一时间，百姓流离失所，从西北向东南涌来，沿途难民如潮，扶老携幼，扛包挑担，硬是将一条通往陈国的大路，堵得像车站出口，摩肩接踵，半步难移。陈国那边，更是设卡封关，严禁出入，一心要把战乱挡在国外。

孔子心里着急。陈国去不了，郑国待不下去，而鲁国回不去，卫国返不成，曹、宋不想再过了，匡、蒲更不敢再走了，叫人真有走投无路之感。

还剩下一条路，就是冒险，西行入晋，去见晋国的赵鞅。

第十五章 晋

正好此时,晋国那边有人来了,说是赵鞅的使者,请孔子入晋,共辅王业。

孔子听了,精神振奋起来,以为从政的机会又来了,立即催促弟子们做好出发的准备,自己也研究起晋国的山势地形、道路交通。说起来,他西行入晋的念头,并非现在才有。当年,在卫国赋闲之时,就曾想入晋去见赵鞅,只是走到黄河边,就折了回来。

赵鞅是晋国的正卿,执政多年,早已是一言九鼎的人物了。说"一言九鼎",绝不是虚言浮语,几年前,他真是把自己的政令批文,铸成一个"刑鼎",立在都城,作为治国的依据。晋之国君无权,朝政一直由赵氏、中行氏、范氏、韩氏、魏氏、知氏六家公卿分别把持。到了赵鞅之时,赵氏独盛,一揽军政、赋税大权,中行氏、范氏嫉怕,起兵反叛,这才引起了战乱。

孔子西行入晋的打算,让子路心中不快。赵鞅既非明君,也非贤臣,他不懂,夫子为什么要去投奔这种人。

这段时间,弟子们除了在夫子身边侍奉汤药外,一直都在温习学业,怕荒疏久了,将来毕不了业。大家常坐在院子里的瓜架下,讨论一些治国修身的大道理,头顶上,悬着一只只葫芦,沉甸甸的,随时会掉下来似的。这些葫芦,还有扁豆、青菜什么的,都是樊迟春天时在院中开了一块荒地所种。当时,樊迟曾向夫子请教怎样种庄稼,孔子心里不高兴,一反诲人不倦的习惯,淡淡地说:"我不如老农。"樊迟热情万丈,没听出夫子的冷淡,还接着请教怎样种菜,孔子又说:"我不如老圃。"说完,就一言不发了。樊迟无趣,只好荷锄离开。他一走，孔子就忍不住对其他弟子说："樊迟呀，怎么只想做一个小人呢？君子注重的是礼、义、信。有了礼、义、信，天下富足，哪里用君子自己去种粮种菜呢？"不过，到了秋天，经过樊迟精心耕种、按时浇粪，那葫芦长得肥硕，扁豆弯长，青菜水灵，每日摘些新鲜瓜菜，改善伙食，众人皆大欢喜，孔子跟着享用，也就不再提这件事了。

那天，大家在瓜架下谈论起从政之事。话题是由子夏、子张、子游引起的。这子夏、子张、子游三人，都是孔门的后起之秀。子夏重文学，子张好思辨，而子游觉得自己能文善辩。三人年纪相仿，都是十几岁，年轻气盛，凑在一起，总是争论不休，那天争论的题目是君子该不该去当官。

子夏主张君子应该去当官，学而优则仕，不仕，学而优有什么用呢？他这么说，多半是因为自己学业好，几乎是"全优生"。论才思，他并不敏捷，一个问题常常久思而不通，但他会坚持想到豁然贯通为止。一次读《诗》，其中有"巧笑倩兮，美目盼兮，素以为绚兮"之句。这"巧笑倩兮，美目盼兮"，他懂，虽还没谈过恋爱，少女之美还是能欣赏的，让他不懂的是"素以为绚兮"一句，难道是说清纯少女，不施粉黛，素面示人，照样青春逼人吗？他确定不了，便去问夫子。夫子实际上也没谈过恋爱，见了这描绘当年卫国著名美人庄姜的诗句，更是有点走神，随后感叹了一句："绘事后素啊！"这没头没脑的回答，让子夏想了一天一夜，到了天亮鸡叫才想明白，夫子是说少女还是要化妆，而且要先打粉底霜，再描眉画眼，皮肤白嫩细腻了，才能绘出"美目""巧笑"，再往深一想，人不打扮是不行，就像人不学礼不成人样一个道理。第二天一早，他见了夫子，也没头没脑地问了一句："礼后乎？"夫子惊喜地瞪了他半天，大为赞叹，说："能够启发我的，只有子夏啊！"

子张凡事喜走极端，坚决反对君子当官。他以前贩过马，懂得相马，也懂拍马，由马及人，想起了为官之道，觉得君子不该去当官。君子进了官场，就像牲口进了马市，被拴被牵，受制于人；求相求拍，身不由己；结果必是执德不弘，信道不笃。

子游则另有看法，他更自负，认为此事不能笼统地看待，要具体问题具体分析。不能说君子不该去当官，而是要看谁去当，譬如，子夏、子张就都不合适去当官。子夏仁而未能，只能做些洒扫接待之事；子张能而未仁，不能造福一方百姓；自己是治国良才，最适合去当官，但这也要看是什么官，三公之下，就不必考虑了，丞相一职，尚可一试。

三人吵不清楚，就来请夫子评断。夫子听了，笑着说："子张过也，子夏不及，过犹不及，都不适合当官。"意思是说，子张生性偏激，子夏为人迟重，偏激和迟重，实质相同，都不宜从政，又看着子游说，"你倒适合去当官，但才华太高，恐怕找不到位置。哪里杀鸡要用牛刀呢？"说得众人都笑了起来。

"君子还是应当从政。君子学而不仕，就会像这东西，"孔子接着说，指了指头顶上悬着的葫芦，"只能挂着看，不能摘下来吃，慢慢就老了，岂不浪费。"弟子们听了纷纷点头。

这时，一旁的子路忍不住插话说："君子求官，是不是也该选选地方？夫子说过，危邦不入。如今，晋国内乱，夫子为何此时要西行入晋呢？"孔子听出子路话中有话，便说："我是说过这样的话，但民望仁政，世盼礼乐，为大道行于天下，即使是危邦，我也要试一试。"子路不放过话题，继续说："夫子还说过，为不善者，君子不交。晋国赵鞅，擅权僭越，为人暴虐，哪里会行仁政德治，兴乐复礼呢？他这种人，即使不害夫子，也会坏了夫子的名声。"孔子说："我是君子，我怕什么？有言道，坚者，磨而不损；白者，染而不黑。再说，道义在我手中，他赵鞅又能把我怎么样？大道之理，如日月在天，光辉自见，只要多讲几遍，不怕他不听。"

子路还想说什么，在旁记录的颜渊怕他顶撞夫子，悄悄拉了拉他的衣袖，止住了他。

这时，子贡开口了，缓缓说道："夫子，晋国真是去不得。"

孔子问："为什么？"

子贡说："夫子，还记得窦鸣犊、舜华吗？"

孔子微微一愣，神色有些黯然，说："当然记得。"窦鸣犊、舜华是晋国的大夫，两位有名的贤臣，都被赵鞅杀掉了。当年，他和弟子们曾打算入晋的，西行到黄河，渡河之际，听到他们被杀的消息，便立即返回。自己曾临河发誓："此生不渡此河！"那已是几年前的事情了。

"夫子难道不怕赵鞅像对待窦鸣犊、舜华一样对待你吗？"子贡又说。当年赵鞅未掌权之时，靠的是窦鸣犊、舜华两位的辅佐，后来得了志，最先杀掉的就是他们两人。

孔子叹了口气，说："剖胎杀羔，麒麟不至郊；竭泽而渔，蛟龙不在渊；覆巢毁卵，凤凰不翔于天。鸟兽见危，尚知自避,况乎人呢?君子伤其类也,我如何不知?只是老天给我的时间不多了,葫芦不能系而不食,君子不能学而不用。只要有人肯用我,给我一年的时间,最多三年,我就能治国兴邦,匡平天下。个人的安危荣辱,如今只能置于度外了。"

子贡听了,想了想,犹豫了一下,又说:"晋国还是去不得。"

孔子问:"又为什么?"

子贡说:"只要去了晋国,见了赵鞅,恐怕就难以再回卫国了,将来也别想再见夫人南子了。"

孔子惊问:"这话怎么讲?"

子贡说:"晋国之乱,卫国首当其冲。如今犯卫之师,领兵的正是当年逃到晋国的卫太子蒯聩。卫灵公过世后,夫人南子让其孙姬辄即位,太子蒯聩自然心生嫉恨,如今要借晋国赵鞅之力,夺回王位。不久前,他趁卫国大丧之机,让晋国武士换上孝服,伪装成奔丧送葬之卫人,一路大哭,混进卫国,要杀掉夫人南子,废掉新君……"

"夫人没事吧?"孔子紧张地问。

"夫人无事。蒯聩的诡计被识破了,一行人在戚邑就被拦住了,但卫、晋之仇算是结下来了。"

孔子默然无语,沉思良久,说:"大道之行,自有天意,不在齐、鲁,不在卫、曹,不在宋、郑,焉知不在晋呢?如果不在晋,那必定在陈,或者在楚……天下之大,总得有个地方吧?不然,如何是天意呢?如果在晋,不去一试,如何甘心?君子循大道而行,其他也只好不顾了。我不能老悬挂在这里,变成一个老葫芦啊!"

子贡听了，知道夫子决心已定，劝也劝不住，就不再说什么了。

几日后，孔子和弟子们鸡鸣即起，胡乱洗漱了一把，便匆匆动了身，不顾秋雨绵绵，一路泥泞，急急西行，后又折向西北，天黑前，赶到了黄河东岸的城邑中牟。这中牟已是晋国领地，紧邻黄河，地处东岸，与卫交界，与郑毗邻，是渡口重镇。此时，众人走得又累又饿，浑身湿透，决定先进城歇息过夜，明日再谋渡河。因是雨夜，星月全无，四下一片漆黑。师徒们打起火把，在雨雾中，星星点点，前后闪烁，逶迤成行。支支火把，冒着青烟，形成一大团烟雾，向夜空中飘散。一行人入城时，城门门洞黑黝黝的，又深又长，不时飞出蝙蝠，"吱吱"叫着，令人心惊。孔子怕深夜入城扰民，不许弟子们喧哗，众人只好捂住嘴，屏住气。奇怪的是，城门洞开，却不见一个卫兵，城头有只秃鹰伏着，"呀"的一声飞起，将众人吓了一跳。城中静寂，街巷无人，家家门户敞开，一幅夜不闭户之景。孔子心中纳闷，忽觉得车子一颠，接着就被什么卡住了，辕马努了几下力，还是拖不动。驾车的弟子公良孺，跳下车去，大声惊叫起来，原来马车被一尸体卡住。那是一个老者，须发灰白，血污满脸，头颅已断，一条胳臂卷入了车轮轴辐之中，把车卡住。众人正在惊恐，后车上又有弟子惊呼起来，火把四下高低一照，见到的是一幅骇人景象：只见家家户户，大门洞开，四处是横七竖八躺着的尸体，有妇女，有孩童，尸体浸在雨水中，满地殷红，一片狼藉，而街旁的树枝上，高高悬挂着几颗人头，长发垂落飘散，眼睛半睁半闭，都是青壮男子的首级。

第十五章 晋

先行探路的子路，这时回来，慌张报告说，这里今日刚被屠城，守城的青壮一律被杀，城中的妇孺老弱，也无一得以幸免，城中已被杀得空无一人，鸡犬不留。原来，这中牟之宰佛肸，是晋大夫范氏的家臣，见老主人范氏起兵攻赵鞅，便在中牟响应。赵鞅派兵讨伐反叛的范氏和中行氏，将叛军击溃，范氏和中行氏逃往卫国的朝歌，赵鞅又挥师攻打中牟，来灭佛肸。中牟有黄河天险，不易攻取，佛肸也誓死抗敌，守住渡口岸滩，一心不让赵鞅的晋兵过河。不想，昨日忽有一队人马自东南袭来，从背后攻城，出其不意，一举将城攻陷。守城将士溃逃四散，佛肸下落不明，结果，剩下一城百姓任人宰割屠杀。

孔子听了，伫立雨中，连连叹息。

子路说："夫子可知道，这率兵屠城之人是谁吗？"

"是谁？"

"阳虎。"

孔子惊得打了一个寒噤："怎么会是他？"

子路说，当年阳虎在鲁作乱，谋害季氏，事败之后，出逃晋国，投靠的就是赵鞅。这次卫太子蒯聩伪装奔丧，偷袭卫都，也是他的阴谋。偷袭卫都不成，便从岸这边攻下中牟，屠城杀人，为的是回去好向赵鞅邀功。

孔子默然无声，连气也叹不出了。

那一夜，孔子带着弟子们没敢在城中过夜，而是连夜赶到了黄河岸边，在河滩上，搭起了帐篷，胡乱歇下，湿乎乎地睡了一夜。

第二日天亮，子贡醒来，发现夫子不在帐篷里躺着，心里一急,赶紧起身寻找,见夫子远远在河边,一人站在晨雾中,眺望着滚滚东流的黄河之水。

子贡走了过去,听见夫子在自言自语:

"不渡此河,看来是命啊!"

子贡说:"阳虎在晋,夫子绝不能去了。"

孔子点点头,说:"赵鞅不容窦鸣犊、舜华这样的贤臣,只养阳虎这样的贼子,晋国之乱,看来不远了。"说着,仰天长叹:"天下之大,难道我辈真要走投无路了吗?"

第十六章　贤臣

（编年：孔子三十六岁）

　　齐相晏婴刚刚下朝，听说仲尼求见，心里还在犹豫见还是不见，脱下的朝服却已穿上了。他在堂内来回踱了好一会儿步，吩咐道："备宴。"

　　他一向不喜欢儒士，自然也不喜欢这个名叫孔丘的鲁国人。作为儒学新秀，此人近来声名鹊起，有些江湖影响。三年前，自己陪齐景公访鲁，就听说他在自家院里授徒，召些不三不四的闲杂人员，说仁言孝，习礼学乐，十分滑稽可笑。不可思议的是，后来还真成了气候，学子云集，街巷热闹，竟有千里之外慕名而来者，叫人不能不有世风日下、人心不古之叹。再说，他不喜欢这个孔丘，还另有一层原因。鲁乱之后，听说他来齐国避难，住在大夫高昭子家中。原以为避难之人，已经落魄，自己就没有十分在意。没想到，这个孔丘，如无孔不入之泥鳅，通过高昭子去见了齐景公，还向景公宣讲仁政之说。听说，谒见之时，宾主言笑晏晏，景公居然动了心，当场答应赐其尼谿之田，搞一个"仁政特区"。人到了齐国，不来见他齐相，而先去见景公，这不是眼中没有自己吗？高昭子是齐景公的近臣，离君王是近些，但在齐国谋事，景公首肯了，他齐相不点头，恐怕也难以成事啊！

晏婴满腹狐疑，想孔丘到齐国后从未求见，今日突然登门，不知为了哪般。思前想后，决定还是见他一见，不仅要见，还要设宴款待。

七十多岁的晏婴，为齐相五十年，自灵公始，经庄公，到景公，是三朝元老。执政年间，齐国国泰民安，兵强马壮，他也贤名远播，百姓称道，诸侯叹服。

作为齐相，他唯一的缺点，就是个子太矮，人不足五尺，身形如童子一般。出国访问，每到检阅仪仗之时，总不能扬我国威。好在他立着矮人一头，行事高人一筹。当年，楚人欺他个儿矮，在他到访之际，于大门旁特意凿一小洞，想让他钻，看个笑话。他来了后，见为人进出的门紧锁着，为狗爬入的洞敞开着，就故作惊讶地说，咦，怎么到了狗国？没有大门，只有狗洞呢？楚人闻言而惭愧，赶紧为他打开了大门，并从此懂了一个道理：人的身高与聪明往往不成正比。

尽管位尊权重，但晏婴为人谨慎，处世小心。他的谨慎和小心，主要表现在节俭持家上。他立的家规是，妾不衣帛，马不食粟，自己也以身作则，丝绸朝服外面，总要罩一件黑色布袍，唯恐磨损了公家的制服。平日也吃荤腥，但每顿只食一样，不怕饮食结构单一。他的府邸，位于城中陋巷，地处低湿，屋矮房狭，又近菜市，喧嚣吵闹，多土多尘，完全不像相府。景公几次劝他换一个宅子，他执意不肯，说身居陋巷，可以体察民情起伏；而靠近菜市，可以关注市场变化；为相之人，实在没有更好的居处了。景公听了万分感动，趁他出访晋国之际，特意在城郊为他盖了一栋大房子。晏婴回来后，死活不肯搬迁，景公无奈，只好让他住在原处，将新屋赐为别墅。

现在，仲尼走进的正是这座以湫隘嚣尘而闻名的相府。仲尼身材魁伟，穿门过户，不得不俯首侧身，进了低窄坪狭的室内，更是不敢伸展，因为站直就顶了房梁，转身就碰着墙壁，只能委屈着身子，团缩在那里。晏婴看在眼里，快慰于心。相府的简陋和破旧，可谓触目惊心：堂内案几不齐，家具残缺，四壁空空，连墙皮也剥落尽了，露出土墙里丝丝拉拉的草秸。这场景每次都能让来宾内心震动。晏婴要的就是这种效果。他一心要让这个宅子日后成为艰苦奋斗传统教育的场所。

宾主相见，先是相互施礼。一老一少，你鞠我躬，高起矮伏，没完没了。一个要礼贤下士，一个要尊老敬贤，动作做久了，有了惯性，想停都停不下来。两人像是在比赛着谁更客气。仲尼执了晚辈之礼，行了八揖，晏婴以九仪为礼，还了九拜，仲尼赶紧再鞠一躬。

寒暄之际，晏婴细细打量了一下眼前的仲尼，见他额宽面方，鼻正嘴阔，眼长眸正，倒不像是一个坏青年，也没有想象中大奸极恶的模样，心里稍稍少了几分疑虑。

落座之后，晏婴朗声说道："齐王说你人才难得，今日一见，果然是英姿焕发，年轻有为。"

仲尼说："哪里哪里。前日有幸进宫拜谒，蒙齐王不弃，垂询问政。"

晏婴问："不知先生如何回答？老夫正想听听新说。"

仲尼说："我以'君君，臣臣，父父，子子'答之。"

晏婴听了，点头说："答得好！君不像君，臣不像臣，父不像父，子不像子，则国必不像国，家必不像家。"

两人言语投机，话题也就扯远了，上自三皇五帝，下至诸侯争霸，几乎无所不谈。毕竟都是贤人，与英雄一样，所见也是略同，无非怎样忠君敬主，怎样安邦治国，怎样征税收租，怎样教化民众。

说着说着，荣辱尚未与共，肝胆已经相照，双方觉得可以推心置腹了。

仲尼说："天下失道已久，礼乐尽丧，征伐不断，秩序大乱。若齐王能行仁政，兴礼复乐，举贤选能，各国诸侯必从之效之，天下大治，指日可待。仁政之行，需要从我做起，齐王有意划尼谿之地，先行试验，还望齐相鼎力相助。"

晏婴听了，不动声色，只是说："好事呀。为何不早来找我？"

仲尼闻言，犹豫了一下，说："久闻齐相贤名，早就想来拜谒聆教。只有一事，总是想不明白，故不敢冒昧登门。"

晏婴好奇，问道："什么事让先生如此困惑？老夫倒要求教了。"

仲尼沉吟了一会儿，诚恳地说："丘闻，君子事君以忠。忠能固君臣，安社稷，感天地，动神明，治国而平天下。"

晏婴说："所言极是。老夫向来看重的就是这个'忠'字。"

仲尼赶紧说："齐相忠君敬主，天下闻名，又为三朝元老，事三君而无不顺。让丘百思不解的是，忠君者，从一而终，难道从三亦可谓忠乎？"

晏婴闻言，脸上有些色变，盯住仲尼的眼睛，看了很久，见仲尼满眼真诚，一脸恳切，不像是语含讥讽，面色才缓和下来，沉默一会儿，语气平和地说："一心事三君，依然是一心一意；若三心事一君，倒是三心二意了。"

仲尼听了，愣在那里，琢磨了一下，恍然大悟，拍案说道："我说齐相是贤臣，怎会贤而不忠呢？真是错怪了大人，窃以为大人不够正派。自己数学不好，只知举一反三，不知举三反一，没有弄懂一三之间的辩证关系。"

晏婴听了，明白仲尼原来为此事而一直不肯来见自己，宽厚一笑，说："未见我晏婴之行，而非我晏婴之人，恐怕有失儒者之德吧？"

话说得绵软，但针芒暗藏。仲尼听了，脸红耳赤，面有愧色，手足无措，赶紧立起身来，施礼谢罪道："孔丘窃议齐相，自以为是，真是以君子之心，度大人之腹了，实有失言之罪。"

晏婴哈哈大笑，挥了挥手，说："我先前见儒者而贵之，后来见儒者而疑之，恐怕也有自以为是之处吧？"

谈话到了这里，不说前嫌尽释，双方心里的疙瘩总算解开了。室内的气氛一下子轻松起来。

这时，仆人进来，燃了烛灯，说宴席备好了。

齐相的家宴，虽说酒菜满席，这酒菜却简单了些。喝的是稀释了的米酒，吃的是水煮黄豆和清炒豆芽，外加是肉酱拌饭，肉酱只有一小碟，还要主客共享。实际上，这已算是丰盛的了。据说，一次齐王使臣来访，晏婴留人家吃饭，也不多做，只将自己的饭菜分给客人一半，就算请客了，结果主客都没吃饱。使臣回去后，向齐王禀报，齐王以为齐相家庭困难，要给补助，而他坚决谢绝，说齐王赐他的口粮够了，可以吃饱肚子，若有多余的粮食，请赐给穷苦的百姓吧。齐王听了，为之动容,难过得当天也没吃下饭去。

仲尼入席,见桌上薄酒一杯,还有黄豆、豆芽,心里甚为感动,说:"不想齐相艰苦如此。那天景公问我为政,我说,政在节财。不想齐相大人早就身体力行了。如此垂范,财政哪里会有赤字?经济又怎会搞不上去呢?齐人真是有齐人之福。"

晏婴说:"贪污和浪费,是极大的犯罪。我不敢贪污,自然也不敢浪费。"

酒过三巡。酒虽是稀释的,仍有烈度,几杯下去,肚暖心热,相互间的气氛更加融洽。

晏婴问:"先生交游天下,一定遇到过不少异人吧?"

仲尼想了想,说:"丘游学多年,的确见过一些异人。"

晏婴说:"都是些什么人物?说给老夫听听。"

仲尼说:"周守藏室之史老子,思虑深远,见识高妙,想人所未想,言人所未言,绝非常人,乃人中之龙也。见鸟,知其能飞;见鱼,知其能游;见兽,知其能走;至于龙,乘风云而上天,不能知也。我见老子,如同见龙也。"

晏婴听了,仰首望天,面有敬仰之色。

仲尼又说:"郯国之君郯子,学识渊博,学养深厚,天地之间,无所不知;人世之事,有问必答,非凡人可比,乃人中之蛇也。曾以历代官名职称询之,释之以黄、炎之源,较之以共工、颛顼之变;详之以太昊、少昊之事。我见郯子,知'学在四夷'之言不虚也。"

晏婴听了,微微点头,面露羡慕之意。

"要论当世治国之才,郑有子产,晋有叔向,可惜,丘未及相见。再有,"仲尼放下筷子,向晏婴拱手执礼道,"那就是齐相大人了。忠君侍主，屈伸自如，处世为人，有板有眼。为政有草根意识，治国有乡土基础；堪称精英，真乃人中之虫也。丘初时不恭，今而敬之。"

晏婴听了，脸色一变，将自己比为人虫，已是不敬，还提什么草根、乡土！他忍住了，没有发作，仍笑着让酒，连声说道："有趣！有趣！草根意识，乡土基础。"

此时，仲尼喝得有点高了，脸红红的，兴奋异常，以为酒逢知己，话多得拢不住了，只是舌头越来越不灵活了。他哪里知道自己无意中已将齐相得罪了。

次日早朝，齐景公问晏婴鲁国的孔丘如何，说想重用重用他，将尼谿一带的土地赐封给他，试一试他的仁政之说。

晏婴听后，未置可否，只是对景公讲，齐政用鲁人，似乎没有先例，还是谨慎一点为好。

齐景公说："寡人喜欢他讲的'君君，臣臣，父父，子子'的道理。要是君不君，臣不臣，父不父，子不子，寡人真是连饭也吃不下去了。"

晏婴说："这'君君，臣臣，父父，子子'的话里，也许另有含意，是讽大王不立太子，未尽君父之道，所以才向大王提'君君，臣臣，父父，子子'。"

齐景公听了，脸上浮现不悦之色，呆了半晌，又说："他讲的'政在节财'，也还算是一个好主意。"

晏婴微微一笑，说："大王受骗了。儒者，自高自大，行为滑稽，好说大话。他们累世不能穷其学，百年不能究其礼，又盛容饰，繁礼节，厚殡葬，破产有余，增值无望，哪里懂得什么节财呢？其说，不可提倡；其人，不可重用。望大王深察。"

　　齐景公听了,清醒多了,觉得自己真是明君,谁也蒙骗不了。清醒之后,立即又觉得累了,打了一个哈欠,将此事和仲尼一起忘在了脑后。这一忘就是二十多年。二十多年后,当齐鲁夹谷盟会之时,他再次见到仲尼,才隐约想起自己当年许过的愿,要赐人家尼豀之地。尼豀一带的田地,丰饶肥沃,食邑万户,一年赋税千万。自己一诺真是千金啊,幸亏当时没有兑现。

第十七章　陈

（春秋　鲁哀公四年）

来年春天，孔子和弟子们最终到了陈国。

进入都城宛丘之日，正是春光烂漫、桃红柳绿之时。那宛丘之城，城墙低矮，街道古旧，外圆内方，横平竖直，毫无峥嵘气象，但阳光一照，破落的衢巷，参差的房屋，像是屋顶街面刷了一道新漆，也有焕然一新之感。街市上灰头土脸、破衣烂衫的行人，也跟着面目生动起来，熙来攘去，为城中平添了许多活力。走在街上，孔子和弟子们的情绪又振奋起来，志气逐渐昂扬，觉得道路尽管曲折，前途毕竟光明，那份安邦治国、重整天下的豪情，也像浩荡的春风一样，一时又充满了天地之间。

此次赴陈，从第一次离卫之日算起，一路来来回回，折折返返，整整走了五年。孔子自己也从五十多岁走到了六旬开外，心里那种时不我待之情更加急迫。

陈闵公听说孔子来了，十分高兴，立即派人迎接。陈国弱小，地处偏远，难得有孔子这样远近闻名的博学之士来访。另外，他正好有一事要向孔子请教。朝臣们为此事已争论了多日，至今莫衷一是。

原来,几天前,宫内发现了一只死鹰。这秃鹫一般的死鹰,身上贯穿着一支一尺八寸长的长箭,箭杆是用楛木制成的,箭头是用岩石打磨的。这长箭穿身的死鹰,是夜里从天上直接掉下来的,落在宫廷的阶前。早上,一个宫女先看到,吓得尖叫起来,手中的夜壶都惊脱了手。到了中午,整个宫中都知道了这事儿,可事情没有弄清楚之前,没人敢碰那只死鹰。那死鹰躺的地方,正在廷前的正阶,朝臣们上朝时,都遇到了妨碍,只好绕道而行。

陈闵公听到禀报时,心中微惊,以为天降凶兆,来警示君王了。朝臣们也议论纷纷,有怀疑刺客恐吓的,有猜测宫内阴谋的,大家虽说不清,心里都觉得不祥。

闵公的特使,将孔子带到了事发现场。那只死鹰仍安详地躺在廷中阶前,翅展爪缩,双目紧闭,浑身散发出一股味道。孔子捂着鼻,凑近细瞧,沉吟片刻,下了断言:"此鹰死矣。"

旁边站着的两个宫女,捂住嘴,忍住笑。

孔子又仔细地看了一会儿,继续说道:"此鹰被箭射死。"

"扑哧……"两个宫女中的一个笑出了声。

陪同前来的陈王特使皱了一下眉,问:"这鹰怎么会死在这里啊?"

孔子说:"拔箭出来。"随从侍卫将长箭从死鹰身上拔了出来。孔子拿着长箭,审视良久,缓缓说道:"此鹰自远方来。"

陈王特使听了,疑惑不解,问:"夫子如何得知?"

孔子指着鹰身上的长箭说:"这箭不是寻常之箭,楛木为杆,尖石为镞,乃肃慎之矢。肃慎是东北地区的夷蛮之国。昔武王克商,通使于九夷百蛮,与肃慎国有邦交。四方来贡,各

第十七章 陈

献土特产品，肃慎国所贡，就是这种石砮长箭。此鹰中箭之地，应在千里之外。"

陈王特使听了，频频点头，啧啧叹服，又拉了拉孔子的衣袖，悄声问："是不是好兆？"

孔子沉思了一会儿，说："好兆。好兆。此有鹰负肃慎之矢来陈，有深意焉。当是先王之德。先王以德治国，将肃慎之矢，赐予长女大姬。大姬嫁于虞胡公而封于陈。按周礼，珍宝分与同姓诸侯，显骨肉深情；贡物赐予异姓诸王，求安定团结。陈国为异姓诸侯，故得赐肃慎之矢。不信，可去国库里查查，或许还有存货。"

陈王特使早已被孔子说得肃然起敬，钦佩万分，立即叫人去国库里尘封多年的杂物堆中寻寻，看看有没有这种肃慎之矢。不一会儿，有人来报，说在仓库里真的找到几支。

陈闵公听完特使对此事的详细汇报，也大为惊奇。让他惊奇的，是孔子的博学，这老先生对陈国的历史竟比自己还熟悉；更叫他佩服的是，孔子的一番分析解说，竟能化灾异为祥瑞。这实在是国家急需之人才。当即吩咐赐宴，请孔子吃饭。

孔子盛装赴宴，入殿时，小步急趋，毕竟年事已高，步履蹒跚，跌跌冲冲不稳了。好在这几年，一路行走，锻炼不断，腿脚仍健，入宫行走，仍有展翅滑翔之态。谒拜之时，见陈王年轻，面目端正，神情爽俊，有明君之像，对陈国的信心顿时又增了几分。想起自己为了赴陈，历尽千难，曾经万险，如今终于能面见陈王，详述治国之道。陈国虽小，只要陈王肯用自己，期月而已，最多三年，国势必能强盛，天下定能大治。

陈王敬酒，一巡之后，夸起孔子博学。孔子起身离座，长揖致谢,说道:"不敢,不敢。君子活到老,学到老。"

陈王又赐座,说:"听说,当年鲁国季府里打井,挖出一只怪物,无人认得,只有夫子识得?"

孔子又起身离座,长揖到地,回答道:"那是几年前的旧事了。井中发现一个陶缶,缶中有一只怪兽,众人都说是狗类,丘独以为是羊科。"

"为什么?"闵公大感兴趣。他生性好奇,喜欢百科知识,特别是犄角旮旯里的学问,像雀儿能不能闭着眼睛飞?蜈蚣到底有多少条腿?他平时博览群书,特爱动脑子,但只用于记忆,从不浪费于思考。

孔子说:"木石之怪,入木为夔,居山为魍魉;江湖之怪,在海为龙,在河为罔象;土中之怪,唯有坟羊。故丘以为怪物乃羊也。"

陈王听了,大为感叹:"先生学问之精深,真是百闻不如一见。"

孔子又谦虚道:"哪里,哪里。一物不知,儒士之耻也。"

陈王听了更加折服,再赐座,并吩咐加一个软垫。

席间陪宴的有大夫纪弦。他是陈国太史,兼宫中答应,也是满腹经纶、一肚子知识之人,博学得到了有问必答、不问也答的地步。这种场合,一向是他主答,今天在孔子面前,却插不上嘴了,心里不舒服,听到这里,忍不住站起身来,发问道:"看来先生是无所不知了,在下倒有一事求教。"

孔子听了,知道有人发难,便镇静地说:"请问。"

"几年前,吴王夫差击败越王勾践,攻陷越都会稽。兵士在会稽山掘出巨骨,其骨之大,一肢一节可以满车。当时,吴王遣使来问,何人的骨头如此之大?先生博学,想必知道?"

"那是防风氏之骸。当年,禹王会诸神于会稽山上,防风氏后到,禹杀之,埋骨于会稽山中。"

纪弦问:"这防风氏是何方神圣?"

"防风氏为汪罔之君,守封、禺之山,属釐氏之姓。周时又称为长翟,即今长人之谓也。"

"长人长几何?高多少?"

"僬侥人最矮,人长不过三尺。长人最高,高出十倍,三尺乘十,三丈也。"

纪弦噎住了,憋了一会儿,冷不丁又问:"禹王为何要杀防风氏?"

孔子微微一笑:"禹王号令诸神,如今之周天子号令诸侯,皆君命也。防风氏迟到,不杀,如何纲纪天下?"

纪弦不再吱声,赶紧坐下,低着头,假装兴趣转移,取箸夹菜,往嘴里塞。此时,陈王听得兴奋,喝得又有点大,满脸通红,激动得击案高喊:"该杀!该杀!"双手捧着酒爵,向孔子敬酒,"来,再干一杯!"孔子见是君命,不敢不从,硬撑着又饮了一大爵。他当时没有想到的是,一番折冲樽俎间的言语机锋,不但得罪了人,还为自己日后险些惹来杀身之祸。

陈王见过之后,却没了下文。原来,那日宴会之后,陈王问大夫纪弦,孔子能不能用。纪弦诡秘一笑,诚恳地说,孔子是人才,但不能用。陈王惊问,是人才,为什么不能用呢?纪弦说,孔子在鲁,鲁困;至卫,卫乱;过宋,宋败;居郑,郑破;到了陈,还不知怎样呢。陈王想了想,说,也是啊,各国诸侯不用他，一定有些道理。纪弦说，孔子之才，在于识草木鱼虫之名，博虽博矣，但难免玩物丧志。陈国的当务之急，乃发展军备。大敌当前，人命关天，国事不是儿戏，若用孔子，陈亡恐怕不远了！陈王听了，悚然色变，想想自己真是差点用错了人。陈是小国，在大国间，独立而不能自主，常被呼来唤去，稍不如意，就会被修理一番。这些年来，晋、楚争疆夺土，陈国自然成了列强的猎物，今天晋师打过境来，明日楚兵横扫一遍，他被别人打得东逃西窜，不说安邦，连安居都难，哪里顾得上什么草木鱼虫呢？虽说那些东西也是他的最爱。为了社稷，他只好将孔子像肃慎之矢一样，先当作库存储备起来。

孔子等了几个月，见陈王那里一直没有任命下来，知道事情又有了曲折，心里着急，却又无奈，只好耐心等待。好在陈王也没有完全忘记他，常常差人来问一些五花八门的问题，像电视里的知识竞赛似的，过了一关又一关。

闲居无事，孔子每日便和弟子们讨论修身之事。说起来，在外无国可治，在内无家可齐，能做的事也就剩下修身了。那日，子路问夫子，怎么修身，才能真正成为一个士？孔子想了想，说，德、智、体，三好而已。子路又问：这三好具体怎么讲？夫子说：就是仁者不忧，知者不惑，勇者不惧。这三好，说起来容易，做起来可难啊！我都达不了标。旁边的子贡说：夫子太谦虚了，夫子整个就是一个三好的榜样。孔子又说：三好只是修身，但修身是为了安天下。行走江湖，进退朝野，士分三类：一类是不辱君命，为国效力；二类是孝悌兼备，乡邻模范；三类是言信行果，千金一诺。子路急急插言道："我想，

第十七章 陈

士有三好也罢，士分三类也罢，要紧的还是做事情能勇往直前，不屈不挠，像岩石般坚硬，那才是士呢。"孔子笑了："像岩石般坚硬当然好，但自以为是，固执己见，花岗岩一般，最多只能是等外之士。"那边颜渊听了，觉得有深意，赶紧去拿刀板，将问答一一记下。这边子贡又问道："夫子看当今从政之人如何呢？"孔子望了望天，叹了一声："斗筲之人啊！一斗二升的器量，只是小人，如何为士啊？"说着，想起了自己在此的境遇，长吁不止。

就在孔子和弟子们闲谈之时，冉求从外面跑了进来，带来了有关鲁国的惊人消息，说是鲁君的宗庙被大火烧了。这些年来，夫子周游列国，冉求一直追随左右，耳濡目染之间，更学得待人圆熟，办事干练，显示出不一般的政治才能。这些日子，他常抽空悄悄回鲁，一是看望老母，二是顺便探探故国的虚实。他刚从鲁国回来，见了留在鲁都的师兄南宫敬叔。

孔子听说鲁君宗庙被焚，马上说："烧掉的一定是桓公、僖公之庙吧？"冉求惊得眼睛睁得滚圆，说："奇了，奇了。夫子成仙了，怎么会料事如神呢？烧的正是桓公、僖公之庙。"孔子说："天意不可违啊！当年，桓公弑兄夺位，僖公杀弟篡国，死后本不该立庙，就是立了庙，也要被烧掉。"弟子们听了，纷纷咋舌，以前常听夫子讲天意，总以为天意也像夫子似的，总是满脸仁慈，一团和气，不想其中也有许多凶险和恐怖，立刻都敬畏起来。

"这次救火，多亏了南宫敬叔。"冉求继续说，"要不，整个曲阜城都要烧掉了。"

"季府的人怎么不管呢？"孔子问。

"季府乱成一片，自顾不暇。季桓子刚死。"冉求说。

"季桓子死了？"这次轮到孔子吃惊了。

"是的，十天前死的，才入的葬。"

孔子坐在那里，半天默默无语。当年，季桓子带着鲁君，微服去看风情艳舞，城下齐女裙裾飞扬，城上君臣笑语欢颜，一切恍然就在昨天。转瞬间，歌歇舞尽，酒空人散，季桓子已人赴黄泉了。

"季桓子之后，谁为执政？"孔子又问，像是不经意似的。

"季康子，是桓子之子，名肥，人也胖。"冉求回答，停了一下，见夫子没再问，又小声说道，"季康子召我回鲁，弟子正不知该不该回去。"

孔子看着冉求，好半天，突然明白过来似的，大声说："回去，回去。"说着，站起身来，在大堂内来回走起来："回去。一定要回去。你们这些家乡来的弟子，平时有点狂狷不羁，但志向远大，锐意进取。从我多年，如今都文采斐然，处世干练，只要磨炼一下，都能成栋梁之材！我能教你们的不多了。回去吧！回去吧！只是不要忘了当年的初衷啊！"一边说着，一边挥手，说到后来，有些激动，话讲完了，手还在继续挥着。

一旁的子贡，把这一切看在了眼里。

几日后，冉求辞别了夫子，要回鲁国去了。子贡送他到路口，上马前，把他拉住，嘱咐道："我看夫子有了思归之意。你到了鲁国，想办法活动活动。"

冉求说："听说，桓子临死前也有了悔意。说是病重时，辇车过鲁城高门，就是当年他和鲁君微服观舞之处，发了感叹,说鲁国不兴,恐怕是因自己得罪了孔子,并特意嘱咐儿子执政后,一定要把孔子召回来。机会好像还有,只是怕夫子太迁,以后办起事来就不方便了。"

子贡说:"这我知道。先别管以后怎么样。你回去后,若被重用,一定想办法让鲁君把夫子重召回去。"

冉求点点头,带着嘱托,跨上马,两手一拱,双腿一夹,向着东边的鲁国方向,策马疾驰而去。

冉求走后没多久,宛丘城突然被人攻陷了。这次破城而入的,不是晋军,不是楚师,而是老远来的南蛮子。那天清晨,天刚蒙蒙亮,大家还在梦中,忽听满街人喊:"吴兵来了!吴兵来了!"一时间,哭声、叫声、杀声、马嘶声四起。孔子慌忙披衣起床,让弟子外出去打探,一问,真是吴兵打过来了。那时,吴越刚刚战罢。吴王夫差,率师十万,破了越都。越王勾践战败,忍辱求和,自缚赴吴为奴,又献出家乡美女西施,才争取到一个卧薪尝胆的机会。夫差所率吴兵,锋芒正劲,余勇过剩,不能闲着,便挥师北上,本想攻楚,非为伐陈,但一路杀来,路过宛丘,也就顺便进城看看。城中居民,一觉醒来,看见满街都是南蛮子,披发文身,鴃舌鸟语,虽不杀人放火,但到处打砸抢掠,无不惊慌失措,四处逃窜。

弟子们见城中大乱,都劝孔子赶紧离开陈国,到邻近的蔡国避一避。孔子不肯马上就走,说今天是宫中祭祀之日,他怎能不到?说着,穿好礼服,出门直奔宫中去了。到了太庙,见堂内祭幡高悬,礼器陈列,里面却是空荡荡的,一问才知道,陈王昨天夜里就逃走了。庙堂两侧,只有几个老乐工在那里,虽然没有主祭,仍按着礼仪程序,一曲曲奏着乐,恪尽职守。

毕竟是非常时期，那乐曲奏得多少有些荒腔走板。孔子立在那里，听了一会儿，听出乐工们奏的是《韶乐》，一时无限感慨，说："想不到兵荒马乱之际，还能听到这等音乐！"二十多年前，他在齐国第一次听到《韶乐》，一下子迷得如醉如痴，三个月不知肉味。此时此地，又闻《韶乐》，他站在那里，竟移不动步了。弟子们怕夫子拘礼，一听《韶乐》，就要三跪九叩，行祭拜之礼，耽搁下去，怕要走不掉了，便不由分说，硬把夫子拉出太庙，推上马车，急急驶出南城，挤在逃难的人群里，向西南方向逃去。

第十八章　乐师

（编年：孔子三十八岁）

　　一夜春雨，淅淅沥沥，下到了天明。师襄子独自坐在庭内，静静听着檐上雨滴，由急到缓，由密到疏，直到渐渐消歇。这时，透过刻花窗棂，他听到外面竹林里，竹笋"嗞嗞"的破土声和竹节"噔噔"的拔节声；听到一只松鼠从院里的松树上下来，跑进草丛；还听到一只鹞鹰，在天上盘旋，翅膀扇起"呼呼"的风声。

　　他老了，双目失明，如今只能凭听觉来感知身外的世界了。人坐在席上，形枯容槁，又黑又瘦，似一截木炭，生命之火即将燃尽，余下来的，只是一堆灰烬。

　　师襄子是鲁国琴师。他曾是季府里最好的琴师，也是乐队的领班。当年，季府演奏"金奏"，他说公卿之家，只能用石磬，不能用钟镈，结果惹恼了季武子，被赶出了季府。从此，他身居陋巷，授徒为生。生活艰难时，偶尔也会在街头卖艺，奏一曲《高山流水》，乞几个铜钱刀币。

　　街巷远处传来了一片脚步声。那声音在他听来像是天边滚过的雷声，轰然作响，动魄惊心；又像是深夜传来的更鼓，清晰可辨，声声分明。那是四个人的脚步，杂沓急促，由远而近,其中一个,沉稳踏实,顿挫分明,时徐时缓,忽快忽慢。他听得出来,那是仲尼的脚步声。

仲尼走路,一向规规矩矩,笔直而行,步子迈得一样大小,着力一样轻重,又三步一顿,五步一跃,极有规律,从脚步声中很容易辨别出来。

多年前,仲尼在这里跟自己学过琴。那时,仲尼还在季府当差,先是看仓库,后是管牛羊,常在清仓查库之后或牛羊安睡之时,偷空出来,向他这位落魄的老琴师学琴。

仲尼学琴认真,练琴勤奋。他以前学过吹打,节奏感好,琴弹得铿锵有力,只是有点过于斩钉截铁,听起来连而不贯,断断续续之中,缺少了一点旋律感。

学琴多年,仲尼只练了一支曲子。那是他学的第一支曲子,一首无名之作。那本是入门之曲,旋律简单,变化规律,新手弹之,为的是熟悉琴弦,活动指腕。仲尼弹奏此曲,却真情投入,如醉如痴,一遍遍演奏,将曲子弹得像是录音磁带在循环播放,直到那琴声听起来似噪音一般。这样苦练了一阵,让他学新曲,他不肯,说节拍还没掌握;又苦练了一阵,节奏合拍了,让他学新曲,他还不肯,说乐曲的中心意思还没弄懂;继续苦练,又这样弹了几个月,节奏合拍了,曲意也明白了,让他学新曲,他仍是不肯,说是没能感悟出乐曲里的典型形象。他一曲练了多年,直到鲁乱,去齐避难之时,还在琴瑟初段,升不了级。

那一片脚步声,越来越近,进了院子,到了门口。

"当心,台阶。"师襄子说。

"是的,台阶。"仲尼的声音。

第十八章 乐师

一群人进了屋。

"这里,座席。"师襄子说。

"是的,座席。"仲尼的声音。

"是你吗,仲尼?"师襄子问,双眼直视前方,一眨不眨。

"是我。"仲尼回答,向师襄子行了弟子礼,"我从齐国回来了。"

"仲孙公子在吗?"师襄子将头转向右边。

"仲孙阅在。"仲孙公子说。他也曾在这里学过琴。

"曾点在吗?"师襄子将头转向左边。

"曾点在。"曾点赶紧说,他在季府做饭时,烹烧炖煮之余,也跟着师襄子偷偷弹过几天琴。

"师襄子,我在齐国听到《韶乐》了。"仲尼兴奋地说,"《韶乐》真是太美了!"

"是吗?"师襄子微笑着,"说说看。"

"《韶乐》初起,音色辉煌,乐声闪耀,一片五彩缤纷;展开时,曲扬乐涌,音激声和,金石交响,琴瑟共鸣,时而似晴天碧波,时而如风雨激荡,时而像碧溪清泉,乐音百色,又纯然一体。曲终,戛然而止,余音不绝,绵绵如丝……"仲尼挥舞着双手,描绘着那美妙的境界,完全沉醉在其中,"《韶乐》令人迷醉,听了,叫人连肉都吃不出滋味了。我三个月不吃肉了,一点不饿也不馋,浑身还感到正气充沛呢。"

"是吗?"师襄子仍微笑着,"天籁之音,听一遍,就像吃了维生素。"

"我听了《韶乐》,才懂了音乐。"仲尼继续说,仍然兴奋难抑,"我想,那首乐曲,我现在能弹好了。"

说着，他坐到琴前，双手置放在琴弦上，静了静心，屏住呼吸，手指开始轻轻拂动。

琴声响起，还是那个老调子，还是那么铿锵有力，还是那么斩钉截铁，也还是那么连而不贯，断断续续。

一曲奏罢，大家肃然无声，仲尼也不说话，显然是被自己的琴声陶醉了。

"旋律，像台阶，有高有低；和声，像座席，相互交织。"师襄子开口了。以前仲尼来学琴，他每次都要提醒台阶，指点座席，可仲尼从来没有领悟其中所含的乐理。他不想再等仲尼自己觉悟了，就把这层意思说破，算是尽了为师的职责。"有了旋律，懂了和声，这琴曲才能弹好，就像上了石阶，进了座席，才能登堂入室啊！"

"我看见周文王了。"仲尼突然说，两眼炯炯，目光闪闪，完全没有听见师襄子说的话。

"在哪里？"师襄子听了，微微一惊。

"就在此曲之中。"仲尼说着，站起身来，目光好像穿墙透壁，越垣出院，投向了极远的地方，"他独自站在荒原上，个子高高的，皮肤黝黑，容貌奇峻，仪态威严，正凝神远眺，望着茫茫四方，像一个国王在巡望自己王国的辽阔疆域……他不是周文王，还会是谁呢？"

师襄子心中一震，神变色动，站起身来，向仲尼行了一个大礼："善哉！子之言。老夫一直怀疑，此曲就是失传已久的《文王操》，问遍琴师，无人知晓，又苦于找不到佐证。子之言让老夫释疑了。"

屋里坐着的仲孙公子和曾点，听到这里，都动容了，热泪盈眶，也像亲眼见了文王似的，激动得要立刻高呼"万岁"了。

仲尼仍痴痴地站在那里，茫然远望，心在那遥远的荒原之上……

仲尼一行人的脚步声渐渐远去，师襄子一人坐在庭内，重又回到了孤独静寂中。他一生教过学生无数，仲尼的乐感并不是最好的，但只有他悟透了音乐，听得出弦外之音。作为乐师，自己没有什么再能教他的了。当然，仲尼的琴技还是差了一点，手是弹坏了，多练也没用了。想到这儿，师襄子叹了一口气，摇了摇头。

这时，他隐隐听到一阵飒飒之声，自城北方向，冲腾而起，直上云空，尖锐如金铁相格相刮，盘旋其上，久久不散。他听得双耳滚热，心里冰凉，顿时焦躁不安起来。

那飒飒之声是一股人间的杀气。

第十九章 蔡

（春秋 鲁哀公四年）

孔子一路逃难，一路感叹："天下真是乱了，乱了。君不君，臣不臣，国将不国，国将不国！"而他自己呢，此刻也不像君子了。先前还能乘车，扶轼而立，尚能保持正直之姿态。后来路上太挤，车移不动了，只好弃车骑马，一路颠簸，还有些上上下下的享受。最后连马也走不动了，又只好弃马徒步。他们与百姓混在一起，和民众挤成一片，左推右攘，前挤后拥，拨开人流，冲开道路，拼命要在太多人走过的地方再走出一条路来。待到了蔡都上蔡时，早已由君子变成了难民，风尘满面，衣衫褴褛。几天没有洗漱，浑身不是正味，而一身织锦礼服，更像是百衲褐衣，条条缕缕，袖子也撕得更为宽大。头上的高冠歪斜着，系缨断了，只好用双手扶着，路上还不忘教导身边担任护卫的子路说："君子死而冠不免，何况逃难乎？"

没想到的是，他们从陈都宛丘逃到蔡都上蔡，吴兵也从陈国打到了蔡国。上蔡城里，也是鸡飞狗跳，人心惶惶。蔡侯早就跑得无影无踪了。有的说他躲起来了，有的说他自杀了，也有的说，他到吴营求降去了。蔡国弱小，蔡侯被诸侯欺负惯了，承受力还是有的。当年，朝楚进贡时，他给楚王送了皮衣

第十九章 蔡

和玉佩，忘了送一份给执政的令尹子常，结果被令尹子常扣押在楚国整整三年。后来，他投靠晋国，为了表示友好，把自己的儿子和大夫们的儿子都送去当了人质。几年前，楚晋交战，蔡国受围，蔡侯心中惧怕，坚决反战，将都城从上蔡迁到州来。看看战事平息，才迁回上蔡，不想，远在江南的吴兵又打了过来。

孔子到了上蔡都城，见蔡地有国无君，知道一时无处宣讲仁政德治，又不敢继续乱跑，便和弟子们先在城南住下，再做打算。好在此时，空房也多，租金也贱。

战乱之际，日子过得慌慌张张，又闲极无聊。孔子常常叹气说："饱食终日，无所用心啊！日子真是不好过呀！下下棋也好啊。"心情不免越来越烦躁。那日，看见弟子宰予中午在厢房里睡觉，突然发起火来，当着众弟子的面，大声呵斥道："宰予真是朽木，不可雕也！真是粪土之墙，不可圬也！什么时候了，他还昼寝？！天下乱成这个样子，他还睡得着？！"弟子们见夫子真的动了气，吓得都不敢吭声，一时全成哑巴了。这时，宰予还在屋里睡着，鼾声响亮，毫无要醒过来的意思。孔子见状，更是气愤："对这样的弟子，让我还能说什么好呢？我是不准备再说什么了！以后，他说什么，我都不信了。以前判断一个人，我只是听其言，现在，我要观其行了。"说罢，进了厅堂，把门"嘭"地摔上，再也不出来了。颜渊见了这情景，心里着急，赶紧进了厢房，把宰予轻轻推醒。宰予醒了，揉着眼睛问："吴兵打过来了？"可见他心里不是一点没有忧患意识。说起来，宰予也是鲁国时的老弟子了，追随夫子十多年了，学业上虽乏善可陈，但行为上并无劣迹，唯一的缺点，就是爱犯困，好像老也睡不醒，且不分时间场合，说睡就睡，一睡就着，常常昼寝不说，听课时也时时瞌睡。虽然人爱犯迷糊，脑子却不糊涂，既会思辨，又会狡辩，课上总能问些刁钻问题。一次，夫子说"仁"，讲见义勇为。坐在角落里的宰予鼾声忽止，睁开双眼，大声问道："要是有人落井，跳下去救，必一起死，是仁；不跳下去，见死不救，是不仁。这井该不该跳？"孔子一下子被问住，深思熟虑了好一会儿，才慢慢说："干吗一定要这样呢？可以在井边想办法救嘛，不是吗？找根绳子什么的，用根长竹竿也行呀。跳井就不必了。君子可以被别人欺骗，但不能自己犯傻，是不是？"这边的宰予，不等夫子回答，早就又迷糊过去了。夫子对他的不满，也是由来已久。这次冲他发发脾气，不能说是选错了对象。

　　日子不仅过得烦心，而且艰难起来。现在说"饱食终日"，实在是有些夸张。说起来，大家已经三个月不知肉味了。当年，孔子在齐闻《韶乐》，那是三个月食不出肉味；这次在陈听了《韶乐》，却是三个月吃不着肉末。食无肉也就算了，如今俸禄断了，连瓜菜蔬食也渐渐要吃不上了，几十口人，每顿围着一小盆饭、一小碟菜，互相谦让一下，就瓢勺齐上，筷子竞下，转眼间精光。为此，孔子常常不得不用"君子食无求饱"的道理，来教育几个饭量特别大的弟子。熬过了冬季，眼见着春天又到，他甚至怀念起樊迟来了，说要是樊迟在，开荒种粮，围圃种菜，大家至少不会饿着。可惜，樊迟没有跟着南下，而是独自北上，回鲁国去找冉求了。想想当年樊迟问稼问圃，自己真不该嘲笑他，骂他"小人"更是错了。看来，太平之时，有俸有禄，君子自是可以活得像君子；战乱之年，无俸无禄，君子只能像"小人"一般谋生了。

课业仍在继续，只是夫子讲得有点不着边际，说民无信不立，君子治国，不得已时，可以不要兵，可以不要食，但不能失信于民。弟子们听得也心不在焉，一面怕吴兵随时打过来，一面又饿得发慌，想吴兵真的来了，也跑不动了，对夫子的仁政德治，多少缺了信心。

"夫子，我们周游列国，言说诸侯，为什么没有一位君王被说动呢？"说话的是宰予。他今天精神不错，在课堂上居然没有瞌睡，思想特别活跃。弟子中，只有他常有一些异端看法，又敢说出来，惹得夫子不高兴。自那天昼寝之后，夫子对他有了成见，他更是破罐破摔，畅所欲言了。

问题问得尖锐，直击要害。

孔子说："这事，我也想不明白……"

"按理说，夫子之道，如日月在天，怎能视而不见呢？"宰予说，"日有阴晴，月有圆缺，夫子之道，或许尚有未能尽善之处？"

孔子听了，有些不快："大道行于天下，浩浩荡荡，天命也。四时行焉，百物生焉，天有何错？！"

宰予毫不退让："天道若是无错，那便是人之错了。也许，夫子错了？悟道时出了岔子？"

孔子更不高兴了："我能出什么岔子？我十五岁有志于学，三十岁立志弘道，四十岁不惑于各种杂说，五十岁始知此乃天命之所在，六十岁道入耳而进心，朝闻道，夕死可矣。要是悟错了道，那是欺天啊！"

"我不是真说夫子错了,只是推理而已。"宰予见夫子生气了,怕把老人家真气坏了,口气赶紧缓和了下来,但还是一副真理越辩越明的样子,当仁不让,据理力争。"如果夫子不错,那就是天下诸侯都错了。"

孔子不响了,过了一会儿,叹气说:"人能弘道,非道能弘人。人有生而知之者,有学而知之者,有困而学之者,有困而不学者。生而知之,是圣贤;我非圣贤,但学而知之;人困而学之,尚可教也;困而不学,那就没希望了。"愣了一会儿神,又说:"天下诸侯,总不至于都是困而不学者吧?"

正说着,听得窗外一阵喊声:"城破了!城破了!"

这时,弟子高柴从外面急匆匆地跑进来:"夫子!夫子!有人要请你吃饭。"

高柴是孔子在卫国收的弟子,因身材矮小,状貌丑陋,孔子一向不大看重他,以为郎才如貌,资质一定也如身高,但怕别人说自己以貌取人,又想至察无徒,眼光太挑剔了,身边就没有弟子了,便一直将他留在门下。那年,过宋遭桓魋追杀,当时进过商丘都城的人,除了司马牛之外,还有两人,而高柴就是其一。孔子从此对他更多了一份警惕之心。现在见他咋咋呼呼的样子,有些不满地问:"城破了,还有谁要请我吃饭呢?"

高柴跑得急,有些上气不接下气,喘了一会儿,才又说出话来:"是那攻城的将军,听说夫子住在这里,说慕夫子盛名,仰仁义之说,非要见见夫子不可。"

"是吗?"孔子脸上露出惊喜的神色,"想不到,南蛮之地,也有人知道我孔丘之名?看来,真是天不绝我,大道不是绝路。天下总是有人……"

"夫子,破城的不是吴兵,而是晋军。"高柴打断了夫子。

"晋军?"孔子糊涂了。

"吴兵撤了。现在是晋军打过来了。刚破了城,正在烧杀抢掠……"

"这领兵之将是何人?"

"说是夫子在鲁国时的老友,叫阳虎。"

孔子惊呆在那里,半天说不出话来,两眼直直的,茫然望着前方。弟子们见夫子受了惊吓,都不敢吱声,子路胆大一点,挥手在夫子眼前晃了晃,问了声:"夫子,你没事吧?"

孔子这才回过神来,说:"我没事,没事。赶紧走,赶紧走。"

师徒们慌忙收拾了一下行装,立即动身,离开了上蔡城,继续南下,直奔叶地。

第二十章　贼子

（编年：孔子四十八岁）

阳虎和仲尼在街上不期而遇。说是"不期"，事实上并不准确。阳虎几次专程拜访仲尼，都扑了空，心里明白仲尼在有意躲他。岁末之际，他又去了一次，特地带去了一头烤乳猪，算是馈赠。仲尼自然不在，就留给了门人，还叮嘱一定要趁热吃。他知道，仲尼这种书呆子，最好讲礼，礼尚往来，你有了往，他必有来。果然，不出所料，今天上午刚出门，就接到密报，说仲尼想趁他不在家的时候，到府上回访，手里还拎着一只野鸭，想把礼还了。阳虎听了，微笑着让车夫立即回车。就这样，两人的车驾，在季府大门外不远的衢口，迎面相遇了。

虽是季府家臣，阳虎——以前有一段时间，他被叫成阳货，如今，老主人季武子死了，新主子季平子也死了，他便将自己的名字由"货"又改回为"虎"了——现在是季府里最有权势的人了。季平子死了，其子季孙斯嗣位，即是季桓子。奇怪的是，为父的季平子，生前骄横跋扈，生下的儿子季桓子，却是孱弱窝囊。季桓子原有一个亲信，名叫仲梁怀，在季府里专门与他作对，见季平子死了，季桓子即位，以为有恃无恐了，公然向他挑衅。季平子的葬礼上，他主张循旧例，以鲁国珍宝玛璠随葬。仲梁怀不同意，主张创新规，以进口的玉石代之。他当时恨得就想杀了这个仲梁怀，用他来殉葬，但家臣公山弗扰把他劝住，说是大局为重，安定团结，让他先忍一忍。后来，又是这个仲梁怀，在酒宴上不肯喝公山弗扰敬的酒，得罪了公山弗扰，也让作为主子的他丢了面子。公山弗扰又来劝他，说严打不能手软，宜从重从快。他想想，对呀，就叫人把仲梁怀给拘了起来。季桓子听说亲信被抓，大为震怒，找他来评理，他一不做，二不休，干脆连季桓子也扣下，一块囚了。最后，双方达成谅解，他同意放人，把仲梁怀赶出季府，永不录用；而季桓子自愿与他歃血为盟，结拜为兄弟，以后有福同享，有难同当。当然，只是说说而已。从此，季桓子再也不敢震怒了，而季府里的一切，都由他阳虎一人说了算。

季府是鲁国最有权势之家，阳虎是季府中最有权势之人，那么，阳虎应该就是鲁国最有权势之人。这个道理昭若日月，不言自明，可不知为什么，除了阳虎自己，别人就是不明白。

阳虎并不是一个缺乏自知之明的人。他知道自己如今不是权势不够，而是名声不好。名声这东西，像资本一样，需要投入时间和金钱去经营。他一辈子追逐权势，从不考虑名声，有了时间，全干坏事了，根本没有时间做好事，现在想弥补，恐怕也来不及了。想来想去，补救的办法只有一个，就是去买了。获取好名声，有一简便之法，就是与贤人交往，借用一下他们的声誉。当然，他不是借而不还，更不是白用，他是以官位和俸禄来做交换的。

他目前看好的目标，就是仲尼。他没有想到，这个当年来季府赴宴混饭而被自己赶走的孔家野种，如今成了远近闻名的贤人，设坛讲学，识字授经，招得弟子数百、听众上千，以至于游说君王，言动诸侯，叫他不能不刮目相看。不过，仲尼讲的一些话，像"季氏僭公室，陪臣执国政"什么的，让他听着实在不入耳，更让他恼怒的是，这个曾被他放狗追得乱跑的穷小子，居然不肯回来重新为季府——也就是他阳虎——做事。

阳虎知道，现在是自己有求于人，只好先礼贤下士。

他来找仲尼，有两个目的。一是借用一下他的贤名。物以类聚，人以群分，多与贤人聚聚，自己也就像一个正人君子似的了。二是通过他的口，将那些昭若日月、不言自明的道理，告诉鲁国民众。民众总是需要教育的嘛。那些道理，由仲尼来说，效果自然会比自己来讲要好。为了达到这两个目的，先要劝仲尼出来为自己做事。只要他愿意，他阳虎可以不计前嫌，不问出身，接受任何条件，高官厚禄，要啥给啥。在这方面，他阳虎从来不是一个小气之人。

阳虎和仲尼见了对方，都急忙下车，远远站住。两人都是高高的个子，魁梧的身材，一个身着黄皮裘衣，一个穿着素色布袍，一齐拱手，相互施礼。

"不想在这里遇见夫子了。"阳虎说，满脸堆笑。他见到仲尼，那种怪怪的感觉又来了，像是路遇陌生人，却觉得似曾相识；又像是镜中览容，却发现镜中之人分明不是自己。对方与自己一样高，如果不是更高一点的话。他一般习惯于俯视他人，现在只能平视，甚至有点仰视，这让他心里隐隐不快。

"不想在这里遇见了大人。"仲尼回答说，脸上有惊喜之色。那惊是真的，喜是装的。他刚刚去了季府，把野鸭子放下，原以为可以躲过阳虎，不料，却被堵在了路上。

"来！来！"阳虎热情地向仲尼招了招手，热情中带着几分傲慢，"我有几句话，正想和你说一说。"

仲尼走上几步，又站住了。

阳虎说："君子是不是要讲仁讲智呢？"

仲尼说："是的。为仁求智，君子之志也。"

阳虎说："一个人怀经国济世之才而坐视邦危国乱，可谓'仁'乎？"

仲尼回答："不可。"

阳虎又说："一个人想有所作为而屡失机遇，可谓'智'乎？"

仲尼回答："不可。"

阳虎说："这些话说出来，既是明我之志，也是与你共勉。日月逝矣，时不我待啊！"

仲尼没有回答，静默了片刻，语气平缓地说："大人的意思，孔丘明白。是啊！五十知天命。要是有机会，我是该出仕从政，做一些事情了。"

言毕，仲尼赶紧执礼，急忙告辞，显然不想将谈话继续下去了。

望着仲尼的马车掉头离去，阳虎暗暗冷笑，心想，自己早晚会收拾这些心高气傲的书生。他们自以为是"贤人"，就想与君王诸侯抗衡，不听他阳虎的吩咐了？有朝一日，他会叫他们全都老老实实，俯首帖耳，不然，就宰而腌之，让他们成为真正的"咸人"。

当然，现在还顾不上他们，他先要把一件大事办妥。

这件大事，是要让季桓子从世上消失。

今天是季孙家族的祭祀之日。像往年一样，祭典在东门外的蒲圃举行，那里有季氏的家庙。季桓子会亲往主祭，但他怎么也想不到的是，这次供献的祭品，不是牛，不是羊，而将是他本人。

季桓子要亲自来做牺牲了。

阳虎让公山弗扰布置好了一切。蒲圃的侍卫，暗中全都换了人，将蒲圃各处关口守住；家庙里，更是埋伏下多名亲兵，躲在台前幕后、门旁柱侧。一切顺利的话，季桓子此时应该已在自家的庙里被拿下，只等自己赶过去，为他主持一下最后的牺牲仪式了。

让他万万没有料到的是，待他赶到蒲圃时，季桓子竟然逃脱了！

一个小小的疏忽，让季桓子死里逃生，也使他阳虎功败垂成。

原来，季桓子到了蒲圃，就发觉情况异常，死活不肯进大庙，说先要去撒尿。不想，那蒲圃的净手之处，有一个后门，直通庙后的树林，而那后门虚掩着，没有上锁！季桓子的一泡尿，撒了一个时辰，撒得阳虎的卫兵不耐烦了，想不是小便吗，怎么撒个没完呢？冲进去一看，里面连人影也没了，赶紧去追，已经晚了。

季桓子出了茅厕，逃出蒲圃，跳上一匹马，一路狂奔，躲进了孟孙府中。

阳虎暴怒，把季氏家庙里的祭器砸得稀巴烂，大叫："公山弗扰误我！"立即派兵攻打孟府。孟府不是那么好打的，一

第二十章 贼子

攻不下，自己倒先兵败了。俗话说，"兵败如山倒"。兵一败，众就叛，阳虎在鲁都待不下去了，只身出逃，从此开始了颠沛流离的流亡生涯。

他先是奔齐，景公不留；又投宋，桓魋不容；最后去投晋，在赵鞅手下卖命效力，那光景远不如当年在鲁国季府当差之时了。几年下来，他历经荣辱，备尝艰辛，看尽了世态炎凉、人间冷暖，深切感到，当坏人难，当好一个坏人更难。十多年后，他奉命率师伐蔡，攻下蔡都，得知仲尼也在当地，忽然念起旧来，叫人去请，想见面叙旧，一起忆一下往昔的峥嵘岁月，也谈谈人生。如果当年那蒲圃茅房的后门上了锁，自己今天完全会是另一番景象。听说仲尼后来在鲁国执政时，想除"三桓"，同样没有成功。两人都是壮志未酬啊！不想，仲尼听说是他来了，吓得立即就跑了，还是当年的老脾气，一点没变。

第二十一章 叶

（春秋　鲁哀公五年）

叶公一见孔子就问："见过龙吗？"孔子微微一愣，诚恳地说："没有。远古是有些传闻，丘生也晚矣，没有赶上，未曾亲眼见过。"叶公听了，脸上浮出失望的表情，说："子路说你'学而不厌，诲人不倦'，寡人以为你一定知道许多关于龙的事。"孔子立即解释道："我只是发愤忘食，乐以忘忧，不知老之将至而已。丘不语怪、力、乱、神，何敢言龙？"刚才还兴高采烈的叶公，听后马上就没精打采了。叶公之好龙，远近闻名，他的宫室，到处是龙，壁上画龙，柱上雕龙，还写了许多辞赋歌颂龙，挂在屋里，连官吏考核提拔，都必有龙的知识问答。他本是楚国大夫，姓沈，名诸梁，字子高，因功被楚王封于叶地，也算一国之君，只是国家太小、子民不多，加上一切听命于楚，为政倒也不费脑筋，于是迷上了龙这种只在传说中存在过的史前怪物，天天想着，夜夜盼着，那份热忱和执着，后来竟产生了幻觉。有一日，真看见一条龙从窗外爬进来，有几丈长，浑身金鳞，曳尾于堂，探头于床，吓得他魂飞魄散，六神无主，掉头就跑。从此，留下了一个"叶公好龙"的成语，但这使他对龙的存在，更加坚信不移，信念终身不渝。

第二十一章 叶

孔子和弟子们是前天到的叶邑。叶邑已近山区，道路崎岖，十分难走，要绕道而行，几百里的路，竟走了二十多天。叶公知道孔子来了，立即召见，听说孔子博学，本以为可以一起谈龙。不想，孔子于龙，相当业余，让他很失望。谈话一下子就卡在那儿，进行不下去了。他干咳了几声，了无意趣地又问："请问平时研究什么呢？"孔子回答："为政。"叶公说："请问为政。"孔子说："近者悦，远者来。就是说，要让治下臣民能够高兴，境外诸国愿意归附。"叶公听了，侧着头，想了一会儿，自言自语地说道："叶国虽小，却是藏龙之地。搞一个龙的展览，近者悦，远者来，肯定没有问题。"

在叶地，龙的问题还没落实，又出了一个羊的问题。那天，叶公府中走失了一只小羊羔，有人看见那羊羔进了孔子师徒的住地，就再也没有出来，便告到了叶公那里。夜里，曾参来见夫子，见面就垂泪，说："那羊羔被家父吃掉了。"孔子惊问："你怎么知道？"曾参说："我看见他晚上喝了酒，又吃了羊肉。"孔子知道，曾点平日是好喝酒吃肉，还特别爱吃羊羔。曾参又说："家父说，他不知道是叶公的羊，以为是野羊迷了路，自己送上门来，就给炖了。我要去叶府告官，让父亲自首，但家父不肯，要我替他隐瞒。我想，君子应当大义灭亲，但家父说，孝子不能出卖父母。我今日三省吾身，还是想不出办法来，只好来见夫子。"说着，又落下泪来。

孔子望着曾参，一时不知该怎么回答。曾参从小是个愚钝的孩子，五岁时，识得"之""无"，数数到十。到了十岁，还只识得"之""无"，数数还只到十。长大后，他为此常挨老父的杖教，大有要打他成才之意。开始挨打时，他一个人站在街角上哭,心里委屈,见人就说:"我三省吾身,就是不知道自己错在哪里。"后来挨打惯了,打完了,笑嘻嘻的,见人就说:"父母爱之,喜而不忘;父母恶之,惧而无咎。"童年的悲惨遭遇在他心里没有留下一丝阴影。孔子见他孝心淳厚,很早就收他做了弟子,使他们父子成了同学,免得他父亲没完没了地打他。曾参愚钝而执着,一事想不通,就会反复想,由此养成了一日三省的好习惯。三省不够,四省、五省也是常有的事。晚辈弟子中,他是对"仁"悟得最深的一位,从一个"仁"字里,先悟出了"忠恕"两个字,后又悟出了"孝、慈、信、恭、勇、直、刚、俭、贞、让、谦、忍、敬、慎、温、明、耻"等许多字来。

孔子知道他现在处于忠孝两难的境地,无法解脱,便安慰说:"你先回去。明日叶公那里,由我去说。"

第二天,孔子去见叶公,见了面就问,贵府是不是走丢了一只羊羔?叶公说,是呀,三个月大的羊羔,正嫩呢。孔子说:我有一个弟子,叫曾点,昨天吃了一只羊,不知是不是贵府跑出来的那只。叶公说,这事容易查清,问问他儿子就是了。我们这里,要是有人偷了羊,那人的儿子一定会揭发的。做人讲正直。孔子稍稍有些不安,咳嗽了一声,说,我们那里做人的原则稍有不同,做人也讲正直,但父为子隐,子为父隐,就是正直。我看,还是不要去问了。说完,脸微微有些红,显得不那么理直气壮。叶公听了,琢磨了一会儿,说,想不到,各国国情真是不同啊!又摆了摆手说,不提也罢,不提也罢,不就是一只羊吗?来,谈龙,谈龙。

在叶地住了月余,谈龙不成,又有了羊事困扰,孔子有了

第二十一章 叶

度日如年之感。这时，听说晋军已撤出上蔡城，孔子便向叶公告辞，要离叶返蔡。

离了叶地，一行人还是走原路，先向东行，后绕道北上。不想，刚出邑城，就有些转向，虽分得清东西，却找不着南北了，在一条河前，怎么也寻不到来时的渡口了。这时，远处山坡上，见有两个人，一高一矮，正在并排拉犁，合力耕田。二人各拉一边，虽都使出牛劲，但用力不均，忽轻忽重，犁被拉得左倒右歪，走着曲线。两人皆穿布衣长衫，一看就不是干惯农活儿的农夫，像是城里下放来的大夫。孔子心知，遇到隐士高人了，便让子路前去致意，顺便问问路。

子路过去，先是执礼，又是问候，然后请教两位高士的尊姓大名。那高个子，皱着眉，绷着脸，神情冷傲，答道：在下长沮；那矮个子，倒是喜眉悦目，嘻嘻笑着说：在下桀溺。子路一听，知道二位用的是假名，这长沮，意思就是老不高兴；这桀溺，意思就是尿你昏君。说来也是，哪有隐士随便把自己的真名告诉大家的呢？

子路问渡口在哪儿。

长沮问："那边车上执缰的是谁？"

子路说："孔丘。"

长沮又问："鲁国的孔丘吗？"

子路说："是的。"

长沮没好气地说："他应该知道渡口在哪里啊！他不是到处跑来跑去，指点君王吗？怎么连一个渡口都找不到？还谈什么大道啊！"说罢，掉头不再搭理子路。

子路站在那里，有些尴尬。这时，一旁的桀溺笑眯眯地问道:"你是谁呀?"

子路:"我是子路,名叫仲由。"

桀溺说:"噢,听说过,听说过。孔子之徒吧?"

子路说:"是的。"

桀溺说:"天下悠悠,该是什么样子,就会是什么样子,谁能改变呢?与其跟着自以为是的人,四处乱跑,各国游说,还不如和我们这些避世之人一起,归隐山林吧!你说是不是?"说毕,也撇下子路不管,和长沮继续耕田。

子路渡口没问出来,反受了一顿抢白,实在感到无趣,一肚子的不高兴,全泛到脸上了。回去见到孔子,把刚才的情景一五一十地说了。孔子听了,也有些惆怅,半天不语,后来长叹了一声,说:"天下要是有道,我又何必要改变它呢?我如今怎么能和鸟兽为伍啊?!"

好在这时,渡口找到了。孔子和颜渊、子贡等就先过了河,子路等着后过。平时行路,子路总是走在最前面,为夫子开道,这次因渡船太小,一次坐不下,只好分乘,他便让孔子等先过,自己留在后面。

一会儿,待子路过了河,却不见众人了,正在四下找寻,迎面走过一个背着草筐的拄杖老人。他赶紧上前,问老人是否见到夫子。那老人像没看见他一般,也不停步,拄着杖,健步如飞,自顾自地朝前走,嘴里嘟哝着:"四体不勤,五谷不分,算什么夫子?!"径直上了山坡,走到一块种着庄稼的梯田,手杖一插,把锄耕耘起来。子路哪里还敢多问,站在那里,自己发了一会儿呆。后来见到夫子,也把这事说了,孔子听了,默然良久,说:"亦是隐士。叶之地,看来不仅多龙,也多隐者,都是见首不见尾啊!"又感叹道:"说我不懂稼穑,也是对的。生逢乱世,谁想到君子也要自力更生,才能丰衣足食呢?"

子路白天受了刺激,心里不能释然,晚上,在荒村投宿,睡在草铺上时,忍不住问夫子:"诸侯看轻我们也就罢了,为什么那些隐士对我们也看不上眼,总是冷嘲热讽的?"

孔子说:"隐士都是贤人啊!贤人隐于乱世,一是辟世,是逃避整个社会;二是辟地,是逃避一个地方;三是辟色,是逃避别人难看的脸色;四是辟言,是逃避别人难听的话语。我们奔走游说诸侯,汲汲于途,自然让他们看不起了。"

子路说:"贤人隐而不仕,是不是不义呢?长幼之节,不可废也;君臣之义,又怎能废呢?君子逃避乱世,自洁其身,是不是太自私了?夫子不隐而仕,难道不是为了大道行于天下吗?"

孔子叹气说:"是啊,天下大道,我不为之,谁又为之?"说着,又苦笑道:"君子之仕,行其义也。道之不行,就是心知,也要为之。我大概真是一个知其不可为而为之的人吧?"

子路知道夫子提起的是在鲁时的旧事。一次,他到城外办事,耽搁了,宿于郊外,清晨入城时,门人问他是哪里的,他说,是孔子那里的。门人笑了,说,是不是那个知其不可为而为之者?子路回去后说给夫子听,夫子没生气,反倒很高兴,觉得是一种表扬,做人有悲壮感。那时,夫子刚由大司寇摄领相事,主持鲁政,正在意气风发之际。

那一夜,子路没再多问,吹熄了灯,听着窗外风声,安睡到天明。

二十多天后,孔子和弟子们回到上蔡城。劫后之城,四处残垣,满目烧痕,一片狼藉,大家看着心酸,忧患之感又起。还未到住处,忽见窄巷里,挤满了宝马华车,一直逶迤到街外。一打听,才知道楚王的特使在此恭候多日了。

第二十二章　君王

（编年：孔子五十岁）

　　鲁定公在风雪之夜召见孔丘，事出突然，却不是心血来潮。

　　自当了国君，他常常会从梦中惊醒，听到一片半夜鸡叫之声——不是清晨打鸣，而是斗鸡得胜——恍惚中，看到一脸横肉的季平子，携剑闯进宫来……十多年前，他哥哥昭公就是因为一场斗鸡，被季平子追杀，逃到齐国，再也没敢回来。几年前，哥哥昭公死在了齐国乾侯之地，他即位了，才结束了鲁国的"无君"状态。

　　这鲁国国君，如今真是难当，可谓是内忧外患。这内忧，自然是"三桓"——季孙氏、孟孙氏和叔孙氏，特别是季孙氏，势力日增，几乎独揽了朝政。那外患，便是齐国。齐鲁相邻，唇齿相依，关系好时就是友邦，关系坏了就是敌国。多年以来，齐强鲁弱，睦邻关系不易维持，齐国大军动不动就越界打了过来，占些土地，毁些庄稼，掳些女子，抢些东西，然后，又声言要世世代代友好下去。

　　那天深夜，他又猛然惊醒，分明听到了那鸡叫之声，惊慌了一阵，醒透了，见寝宫里烛灯昏暗、帷幔重重，寂无声响，没有鸡也没有人,才稍稍安心下来。因为睡不着了,他开始忧国忧民,一时忧得心急如焚,叫人立即召仲尼进宫。

鲁定公早就耳闻了孔丘之名,他虽只是布衣,在都城乃至鲁国,却是一个能聚众之人。他有弟子千人之多,登高振臂,招来个十分之一,就算是一呼百应。季桓子要敬他几分,连炙手可热的阳虎,也想拉他入伙。难能可贵的是,这孔丘天生就是一个忠臣,前几年,鲁国无"君"可忠,他就隐居在家,闭门不出,整日修订《诗》《书》,教学授业,自比岁寒之松柏,节义凛然。

阳虎之乱,"三桓"惊恐,让鲁定公觉得到了重振君威的好时机。谁能助他重整纲纪呢?他想到了孔丘。

这时,仲尼已站在自己面前了。他头上肩上都是雪花,眉梢结满细冰,人一个劲地打喷嚏。鲁定公这才知道外面下雪了。仲尼怕君王久等,等不及备好马车,徒步走来了,鞋子全湿了,地上积雪已有一尺之厚了。

鲁定公不年轻了,但性仍急,做事虽不雷厉风行,却总想立竿见影,见了面,劈头便问:"有没有一言可以兴邦的?"

仲尼知道深夜被召,必是临危受命,所以格外镇静,出言沉稳。他想了想,小心地说:"没有。有一言也许相近吧,叫作'为君难,为臣不易'。知道为君难,不就是一言兴邦吗?"

鲁定公听了,没懂,摸不着头脑,又问:"那么,有没有一言可以丧邦的?"

仲尼又想了想,谨慎地说:"也没有。不过,有一言也许相近吧,叫作'为君之乐,唯其言而莫予违也'。是说君王之乐,在于君王之言无人违抗。若是君王之言善,无人不从,不是很好吗?若是君王之言不善,没人敢说不,大概就是一言丧邦了吧?"

鲁定公听了,还是不得要领,急得两手搓来搓去,干脆问:"君使臣,臣事君,应该如何?"

仲尼沉吟了一下,回答说:"君使臣以礼,臣事君以忠。"

鲁定公听了,高兴起来,心想,这孔丘的确是忠臣,懂得君臣之道,就笑着说:"好!寡人要的就是这句话。寡人喜欢忠臣贤士,最恨乱臣贼子。"

他一边说着,一边在睡榻前焦躁不安地来回走动着,胖胖的身子,裹在一件宽大的睡袍里,长长的衣带没有系,在地上拖来拖去。仲尼一身朝服,穿戴整齐,肃立一旁,俯首低头,眼睛看着鲁君的衣带在地上拖来拖去,心里不知该不该就此事谏言。

"季平子欺人太甚了!"鲁定公恨恨地说,"我祭昭公,太庙里只剩下两个舞者,全跑到季府去了,为他贺寿。季府居然敢八佾舞于庭!寡人早晚要杀了他!"

仲尼听了,也跟着气愤起来:"是可忍,孰不可忍?!"

"好在他死了,没法再欺负我了,"鲁定公说,"季桓子也不是东西。如今,阳虎叛了,季府乱了,寡人想再振祖业,重兴王室,只是不知该怎么办。"

仲尼见定公有意整顿朝纲,便进言道:"天下有道,则礼乐征伐自天子出;天下无道,则礼乐征伐自诸侯出。今观鲁国之政,礼乐征伐实乃自大夫出,政在大夫,而不在君王。大王若想兴邦,要从根本做起。"

鲁定公听后,愣了愣,似乎不大明白,来回走累了,就一屁股坐在榻上，说："请为寡人详言之。"

仲尼顿了顿，说："安内须先攘外。"

鲁定公急问："怎么攘外呢？"

仲尼说："与齐会盟，以和为贵。变征伐为阅兵，化战乱为仪式。"

鲁定公鼓掌赞道："妙哉！"想想哥哥昭公死了多时，现在联齐没有什么障碍了。又问："怎么安内呢？"

仲尼说："民无二王，鲁却有'三桓'，国家所以不安也。自古'臣无藏甲，大夫无三百丈之城'。堕封邑之都，缴府兵之械，使其无力与大王分庭抗礼。"

鲁定公听了，默默不语，知道这事说起来容易办起来难，弄不好自己又要跑到齐国去了，忽又想起早上的梦来，立即吓得勇气倍增，擦着掌说："干！"

那夜，君臣二人一直谈到黎明，天蒙蒙亮时，将鲁国的大政方针一一商定。仲尼出宫回府时，雪霁云开，旭日初升，霞光乍现，城里一片鸡鸣。不想，到了傍晚，另一场暴风雪袭来，阴霾天气在鲁都盘桓了数月之久。

几日后，鲁君下诏，命孔丘为中都宰。说起来，仲尼年事虽高，资历尚浅，只好让他先从基层做起。中都宰是小吏，却辖着首善之区，管着要害之地，十分重要，正好历练。果然，一年之内，他就升为小司空，负责建筑，审批工程；又擢为大司寇，主管司法，还兼了礼宾；连升三级之后，鲁定公就命他摄领相事、当朝执政了。

第二十三章　楚

（春秋　鲁哀公六年）

孔子和弟子们，是在去楚国的路上，被一群歹徒围困在了一片野山荒岭之中。那里前无村落，后无人家，四周山峦起伏，乱石林立，一条崎岖的山道，是去往楚国的必经之路，可被人抢先占了前面的关隘，通行不过，后面又有人追杀上来，步步紧逼。子路带着几个年轻弟子，拼死用剑将歹徒们挡在下面，双方对峙好几天了。

孔子开始以为遇上了路匪路霸。这一带为陈、蔡交界之地，管辖不明，向来就有土匪出没，加上战乱，盗贼日盛，常会有此拦路抢劫之事，一般留下买路钱就行了，就像日后乱设的公路收费站收费似的。后来发现，不对呀，来人怎么全是一些刚释放的劳改徒役呢？囚服仍穿在身上。歹徒们还叫着喊着要杀他。想想自己虽因宣讲仁义而名闻天下，但要说连山里的强盗惯匪都听说过自己，谁也不信。显然，这里面有阴谋，必有人在背后策划，

那日，楚王重金聘孔子的消息一夜间传遍了上蔡城。楚国毕竟是大国。楚使气宇轩昂，服饰绚丽，车舆簇新，随从成群，走在破旧的上蔡城里，一片光彩耀目，立即引起了万人空

巷的轰动。据说，楚使出手的聘礼更是叫人看着晃眼：光灿灿的一堆金币。楚使对孔子说，楚王闻其贤名，愿以七百里封地，请夫子为政，行仁政德治。孔子听了，精神当即振奋起来，谢过楚使，立即吩咐弟子，收拾行囊书简，即日动身，去见楚王。

这轰动全城的消息，让一个人心里特别难受起来。他就是陈王身边的那位宫中首席应答纪弦。吴兵破了陈都之后，他南下避乱，因自己的连襟杜能是蔡国司徒，便投奔到了蔡国。自那次宴席之上，让孔子言语上争了锋，他就吃了醋，虽说不是什么大事，但自己在陈王前失了面子，心里耿耿于怀，恨不得孔子师徒在路上被吴兵打死，或被野兽吃掉。楚王来聘孔子，更让他觉得君子之仇，等不了十年了，现在非报不可。他找到杜能商议，说楚王用孔子，绝非陈、蔡大夫之福。孔子在陈、蔡日久，深知陈、蔡大夫之腐败无能，到了楚国，必然泄密。楚王若用孔子，楚必强而陈、蔡必亡。纪弦和杜能从政多年，毕竟是深谋远虑之辈，为了陈、蔡的国家利益，决定在途中劫杀孔子。杜能是蔡国司徒，调不动兵，却管辖着监狱，于是连夜特赦了一批囚犯，发了棍棒，一路狂追。两天之后，终于在群山中，将急急赶路南下的孔子师徒，全部围堵在一个山岭之上。

虽被围在野山，进退不得，生死未卜，孔子仍镇定自若，只是饿得有些心慌。几日下来，粮食再次成了一个大问题。

那日已是被围的第三天了，也是断粮的第一日。走时匆忙，没有带足干粮，又碰上战乱未平，一路村无人家，家无炊烟，所带的粮食几天就吃完了，现在被困在这山野之地，更是没有地方寻找吃的。师徒十多个人,整天没有进食,只是喝些溪水,全饿得走不动了,倒伏一片。

弟子们怕夫子年迈,禁不起雨雾风霜,就在背风的山坳,依着山岩,支起一顶帐篷,让老人家安歇。子路长剑在手,日夜守在帐外,寸步不离,其实,他饿得早就挪不动步了,只能做一个保卫的样子了。

这些日子,孔子一直坚持授课,弟子们饿得浑身瘫软,不是歪斜地靠树坐着,就是趴在地上卧着,聚精不成,会神更难,耳里听着讲,心里想着饼和饭。那天,孔子讲的是君子操守,子路身强体壮,最不经饿,此时腹中难受,脸色难看,觉得再不吃点东西,这君子是当不下去了,便有气无力地问:"夫子,君子一定要像我们这样穷困潦倒吗?"孔子听出子路话中的不满,回答说:"君子穷困,能守得住;小人穷困,就守不住了。"弟子中,只有子贡还撑着站立,背靠着一棵大树,听了夫子之言,内心有所触动,脸色坚毅起来,人站得更直了。孔子见了,叫着子贡的名字说:"赐啊,你以为我是一个多学博识之人吧?"子贡说:"是的,夫子,难道不是吗?"孔子摇摇头说:"不,我只是一个能够坚持到底的人。"

子路还是坚持不住了,跑到山上和林子里挖了些野菜,又摘了些蘑菇,弄回来给大家充饥。不知是野菜不能食还是蘑菇有毒,众人吃了就泻,本来几天没吃什么东西了,腹中空空,现在再一日数泻,真是连肠子都要拉出来了。弟子们纷纷撑不住了,一个接一个地趴下,再也站不起来了。

孔子看课讲不下去了,也不再勉强弟子,自己开始弹琴,弦歌起来,唱了许多礼曲颂歌,来活跃气氛,激励士气。只是那琴音歌声,时断时续,常在高亢激昂之处,戛然而止,过了好一会儿,余音才缓缓接上,令人听得上气不接下气,一时倒真忘了饥饿。原来,孔子也吃了不少子路采摘来的野菜、蘑菇,不时要闹一下肚子。

虽是初秋,却已露冷风寒。夜里,虎啸狼嚎之声,回荡在山谷密林之中。

饿到第五日,众人已饿得一动不动了。孔子也弹唱不下去了。一向喧闹的山野,变得寂静起来,无声无息得令人恐惧。

孔子仍支撑着坐在一块岩石上,不肯倒下。眼看着陷入绝境,他的心有点乱。在这生死关头,他想,弟子们的心会比自己的更乱。

他唤来子路,问道:"《诗》云:'匪兕匪虎,率彼旷野。'我们不是野牛猛虎,怎么会困在旷野中呢?这诗说的好像是我们。难道我们做错了什么事情,才会落到如此境地?"

子路野菜、蘑菇吃得最多,泻得也最厉害,此时失去了思考的气力,但仍心直口快:"我猜,一定是我们没达到仁,所以人家不信我们;我们也没达到智,所以做事总是不顺。"

孔子听了摇头,说:"真是如此吗?要是仁者人皆信之,就不会有像伯夷、叔齐那样饿死的贤人了;要是智者事必行之,也不会有王子比干那样被杀的能臣了。"

他又叫来子贡。子贡拄着树枝,撑着身子,一步一步地挪了过来。孔子问了他同样的问题。子贡想了想,说:"夫子之道,是不是过于高深了?天下所以不容。要不,咱们稍稍降低标准试试?"

孔子听了,还是摇头:"不对。良农播其种而不管收谷,良工精其技而不问时尚。君子修德行道,纲纪天下,何求容于天下?赐啊,有求容之心,说明志向不远啊!"

这时,坐卧在一旁的颜渊插话了:"夫子之道,至高至深,天下因此不容。不容又如何?天下不容,方显君子本色!"他本来身子最弱,但一向吃得少,又受过苦,倒还经得住饿。当年,箪食瓢饮,就能活下来,现在几天不吃东西,基本没有问题。他手里的刀板,一直没有放下,夫子的话,仍是一句不漏地记下来。说着,他语气激愤起来:"夫子之道,不修成于你我,是孔门弟子之耻;不大行于天下,是诸侯公卿之耻。不容又如何?不容又如何?!天下不容,方显君子本色!"

"说得好!"孔子听了,眼睛亮了,脸上显出欣然之色,对颜渊说,"君子本色,就是固穷,但君子不一定永远穷下去。回啊,将来,你一定会先富起来。到时,我来替你理财。"

众人笑了起来,笑不动的,也抿嘴捂着肚子。

子贡也跟着笑了笑,趁机又说:"夫子,我们不能在这里等死啊!还得赶紧想想办法。"

孔子说:"到了楚国,一切就会好起来。"

子贡说:"那是当然。问题是我们现在到不了楚国,先要想办法冲出此围。"

孔子问:"你有什么办法?"

子贡想了想,说:"在蔡都时,听说楚王率师北进,驻军城父之地,估计离此处不会太远。只要能有人先出去,找到楚军求援,此围就能破解。"

孔子说:"事到如今,也只能如此了。"说着,将自己剩下的一点干粮给了子贡,"这事只能靠你了。大家的性命,都在你手里了"。

子贡站直了身子,抻了抻衣衫,掸了掸尘土,勉强行了一个礼,说:"弟子一定不辱使命。"

两天后,子贡回来,一身新衣,满面油光,看样子是洗了浴,又吃了个饱。他带回来不少干粮、干肉和干菜。山上的众人此时饿得奄奄一息,见了食物,差点都吃不动了。

子贡对孔子说:"夫子,楚王派兵来了!那些歹徒已闻风而逃、抱头鼠窜了。"

孔子仰天长啸:"苍天有眼,不让吾等饿死在这荒山野岭!"

子贡迟疑了一下,又说:"这次虽蒙楚王援救,但这楚国,恐怕是去不得。"

孔子惊问:"为什么?前头还有歹徒?"

子贡笑了,说:"那倒不是。只是听说,这次楚王迎你,楚国令尹子西却不太欢迎你,更反对楚王以社地七百里封你。说你名为仁义,实有野心,欲以文王之名,成武王之事。现在去楚国,会有诸多麻烦,说不定又会惹上杀身之祸。"

孔子不语,良久,才缓缓地说:"不去楚国,又去哪里呢?只要楚王肯用,我不敢自比文王,更不想当武王,但楚国为什么不能成为仁义之国呢?一国之兴,天下之治,期月而已,三年必成。只要楚王肯用我啊……"

那天傍晚,孔子一人站在山顶悬岩上,望着落日在起伏的群山间一点点沉隐,独自凝思。子路在后面远远地站着,不敢上前打扰,眼见着天黑了下来,才轻轻走上前去。

孔子正在自叹:"吾道不行于楚,那中原就是无望了。我只好到九夷之地,去那老少边穷地区了。"说着,回过头,看着走上来的子路说,"要不,乘桴浮于海,到海外去?由啊,到时,大概只有你,愿意跟我一起走吧?"

子路很感动,为了夫子的无限信任,说:"夫子到哪里,我就到哪里。赴汤蹈火,在所不辞。"说着,他更激动了,"君子不能勤苦,不能轻死亡,不能乐贫穷,谈什么行义?我就是水性不好,入水就沉,要是乘桴浮于海,怕是无法保驾夫子。今后要加紧学游泳"。

孔子笑了,摆摆手,说:"我们不是真的穷途末路了吧?到了那时,再学也不迟。"

孔子和弟子们重新上路,又艰难跋涉了十多天,终于走出了山区,到了楚国北部的重镇负函。遥遥望见远处城墙上旌旗招展,众人情绪不觉又昂扬起来。待进了城,却发现满城旗帜,皆是黑色,而守城将士,一律头系白巾,身披麻衣,全军缟素。城中大街小巷,家家商铺闭门,户户门悬白纱,惊疑之际,传来了消息,说是楚王崩了,死在城父之邑,灵柩正在运回楚都的途中。

孔子惊呆在那里,直直地站在车上,仰头望天,一动不动。车子停在街上,正好堵在道衢的中央。

楚王怎么能在这时候死呢?大道不行,难道真是天意吗?他无法猜透天意,有一点心里却清楚:实现一生梦想的机会,连同功名富贵,又一次与他擦肩而过了。

就在这时,从街对面,跌跌撞撞地走过来一个人,瘦高的个子,披肩的长发,衣着邋遢,样子落拓,如巫似祭,不伦不类,神情狂放,正一路高歌着前行。那歌声高亢,但唱得含含糊糊，隐约可以听出歌词：

> 凤兮！凤兮！
> 何德之衰。
> 往者不可谏，
> 来者犹可追！

那人到了孔子车前，嫌车驾挡他的去路，就大喊道："让开！让开！"

孔子正在发呆，被他一唤，倒醒过神来，见来人虽然癫狂，但面目不俗，又听他歌声响亮，词义古奥，不敢怠慢，赶紧执礼，说道："在下孔丘，请问先生尊姓大名。"

那人并不理睬孔子，只是指着车子说："街舆，街舆。"意思是说，街上的车子，街上的车子，赶紧让开一点。

孔子弄错了，以为他在自报姓名，又因他的湖南口音太重，误听"街"字为"接"，以为他姓接名舆，就赶紧说："接舆先生……"

那人不耐烦了，以为碰到了一个比自己更为疯癫的人，缠上了不得了，嘴里说着："算了，算了。"就侧着身绕过车子。

孔子还想与他说话，下了车，一边施礼，一边继续问："刚才先生唱的是楚歌吗？好像《诗》中未载，定是漏采之诗。敢问歌名？"

那人不想啰唆，摇着头，嘴里还是说："算了，算了。"绕过了车子，自顾自向前去了。

"《算了歌》？只听说有《好了歌》，未闻有《算了歌》。"

孔子疑惑不解,又认真地问:"不知此歌有何讽喻之义?"

> 今之从政者,
> 殆矣,殆矣,殆矣——

那狂人没头没脑地又唱了一句,就飘然远行。

孔子还想追上去,再问几句,那人不见了。

秋日晴朗,正午的阳光,铺天直泻,盖地横流,灿烂而明爽。道衢空空,路人无影,寂静的瞬间,全城凝然不动。

一群大雁,排成"人"字形,无声地从天空飞过,向南方飞去。

孔子站在街心,伫立许久,怅然若失。

第二十四章　诸侯

（编年：孔子五十二岁）

齐景公看到齐相晏婴和鲁相孔丘站在一起，共同主持齐鲁盟会仪式，心里生出许多感慨。晏婴年逾八秩，孔丘才过五旬，两人同为司仪，站在那里，对比鲜明：矮小的老态龙钟，立着也是腰弯背屈；魁伟的英年风姿，挺拔得如巨木高树。再看看坐在自己身旁的鲁定公，四十多岁，矮矮胖胖，虽不威严，但面色红润，一看就知道身体没病；想想自己，已到耄耋之年，须发皓白，齿牙摇落，耳朵不灵，眼神不济，还疾病缠身，勉强来参加盟会，坐的时间长一点就累。想到这些，对齐国的前途不免忧虑起来。

现在，他有些后悔，当年没有留下这个孔丘，也想起了自己许过的愿，说要赐他一块地，试验一下"君君臣臣"的仁政，还要"以季、孟之间待之"。季氏在鲁为上卿，孟氏为下卿，季、孟之间，就是上卿和下卿之间的级别。当年幸亏听了晏婴之言，才没做那傻事，而是推托说，自己老了，不能用他了，说完，就把这个孔丘连同自己许过的愿一起忘掉了。这一忘就是二十多年，如今自己真的老了，这些事倒又都想了起来。谁说老年健忘？看来还是年轻人容易忘事儿。

第二十四章 诸侯

齐鲁国君在夹谷盟会，是应鲁国之请。齐鲁之间，恩恩怨怨，争斗了几百年，一直是齐强鲁弱。齐国国势强盛，武力张扬，常常伐鲁，攻城略地，抢人劫货，随便得像是到自家后院取东西一样。鲁国内乱，昭公奔齐，齐国乘机夺了郓邑之邑；阳虎叛乱，事败逃亡，又带去汶阳、龟阴等地，作为见面之礼。面对齐国的日益强大，越见弱小的鲁国，只能以历史悠久来抗衡，凭文化深厚来救亡。如今，齐欲称霸，鲁要和平。齐国说：让我称霸，就给你和平。鲁国没有什么选择，只能因势利导，于是有了两国国君的夹谷盟会。

方形的盟坛，筑在谷中阳面的山坡，有三层，二十七级台阶。春日下，旗幡招展，矛戟林立。齐景公和鲁定公，站在最高处。齐景公居右，鲁定公处左，以凸显齐国的霸主地位。坛中，是主持仪式的齐相晏婴和鲁相孔丘。再往下，是双方随行官员，按级别而沿阶站立，高低分明。盟坛四周，是两国司仪人员，仪仗列队之外，另有捧金盘净手的，端银碗上茶的，还有拎着马桶伺候君王大小便的。齐国各类人员，穿戴各异，色彩杂乱，而鲁国这边，全按周礼古制，一律玄色的衮衣冕服。

为了这次夹谷盟会，齐国方面做了周密布置。几百刀斧手，穿戴着礼服礼帽，装扮成司仪人员；数千弓弩手，披挂着树枝草叶，埋伏在四周山野；更有十万大军，将夹谷一带团团围住。

齐景公本来只想吓唬吓唬鲁定公，威慑一下，而大夫黎鉏则建议，不如乘此盟会之机，将鲁君掳回齐国，像昭公似的豢养起来，这样两国的友谊定会牢不可破。他当时未置可否，心里却想，这倒不失为一条妙计。

献酬之礼毕,君主落座。两国负责武备的右司马,一起上前,右膝跪下,抱拳执将士礼,大声禀报:"列兵就绪。请大王检阅!"

齐景公说:"喏。"

鲁定公也跟着说:"喏。"

阅兵开始。

鲁军先行,出来了一个百人方阵,一律崭新戎装,闪亮盔甲,迈着正步,喊着口令,齐刷刷地抬臂、踢腿、甩头,雄赳赳地从坛前走过,阳光下,戈、矛、枪、戟,闪亮生辉,一看就知道,净是一些银样镴枪头,不是真家伙。

鲁军一过,轮到齐师。

齐景公一挥手,齐国一方的战鼓就擂了起来,越擂越快,越擂越急,擂到高潮处,从山谷一头,传出呐喊,震天撼地,冲出一群野人,头插鸟羽,脸涂油彩,袒胸赤膊,披发文身,举着刀枪,舞着棍棒,呼啸着扑了过来。

鲁定公见了,心惊胆战,忙问:"什么部队?"

齐景公微微一笑,不动声色地说:"此乃莱人战俘,原是边民,凶悍之徒,赤手搏虎,十步杀人,野蛮啊!"

这时,那群野人已冲了过来,聚在坛前,乱喊乱叫,还向上面的鲁定公龇牙咧嘴,舞枪弄棒,距离已在十步之内,更有人跃跃欲试,想拾阶登坛。

鲁定公的脸白了,心想,自己落到这些蛮子手里,一定会被生生吃掉。

齐景公神态自若,脸上挂着微笑,对眼前的一切,似乎视而不见。

第二十四章 诸侯

情急之时,只见站在下面的仲尼,疾步登坛,一步两阶,冲到齐景公面前,一边举袂行礼,一边厉声言道:"两君会盟,为的是睦邻友好,为何以武力相威胁?请退夷狄之师!"

齐景公见仲尼站在自己面前,一脸凛然正色,不禁吃了一惊,他没想到,仲尼登阶如此之快,按照礼仪,登坛之时,两步一阶,双脚落地,才可再上一层。他却几步就蹿了上来,全然不拘礼法了。

坛下还是一片鼓噪。齐鲁两国的宾相一起喝止,毫不见效。那群野人,只是眼盯着齐景公,等着指令。

齐景公见状,哈哈一笑,手一举,下面的鼓噪立刻停了,像是拔了电源。

齐景公又挥了挥手,那群莱人战俘,立即低头俯首,拖枪夹棒,弯着腰就后撤了,刚才的勇武一点都不见了。

这时,两国负责文娱的左司马,也一起上前,左膝跪下,拱手行文臣礼,大声禀报:"舞乐齐备。请大王观赏!"

齐景公说:"喏。"

鲁定公也跟着说:"喏。"

鲁国乐队演奏了古乐《大武》。此曲相传为周武王为出征伐纣而作。曲调庄严肃穆,坚毅深沉,以大鼓和响锣的击打为主,伴之以唢呐高腔。鲁国乐师都是须发皆白、风霜满脸的老者,锣鼓敲得力度不够,唢呐也常吹得跑调,但古义尽在其中。

轮到齐国乐舞表演,出场的却是一群倡优,穿着红红绿绿的衣裳,涂着花花艳艳的脸蛋,一边唱着,一边扭着,中间还有一个侏儒小丑,翻着跟头,做着鬼脸。

仲尼见状，又疾步登坛，一步两阶，再一次冲到齐景公面前，一边举袂行礼，一边厉声言道："两君会盟，以诸侯之礼相见，为何以匹夫之戏而不敬之？请退倡优侏儒！"

齐景公神色一变，缓缓站起身来，拿起一杯酒，高高举过了头顶。齐相晏婴，大夫黎鉏，以及混在司仪人员中的几百刀斧手和埋伏在四周山野的数千弓弩手，还有将夹谷一带团团围住的十万大军，现在都盯着他手中这杯酒，只要他一摔酒杯，齐国兵士就会冲上来，将鲁君擒获，把鲁国众臣也一网打尽。

齐景公手里的酒杯最终没有摔下来。

他盯着眼前的仲尼，看了很久，然后，挥了挥手，让齐国的倡优们退了下去，转身对鲁定公说："齐愿与鲁结盟，永世为好！"

鲁定公赶紧站起来，拿起酒杯，向齐景公回敬。

这时，站在下面的齐相晏婴，不顾老迈，颤巍巍地走了上来，说："齐鲁结盟，遇齐师出境，鲁必以甲车三百乘从行。"

这边仲尼听了，立即回应道："齐鲁结盟，请归郓邑、汶阳、龟阴等地，以示诚意。"

齐景公和鲁定公互视片刻，都说："喏。"

盟会之后，齐师回国的途中，大夫黎鉏问景公，大王为什么没有动手？是不是动了恻隐之心？

齐景公回答："人家行的是君子之道，你们总教我一些夷狄之道。"

大夫黎鉏听了，有些着急，说："管他什么君子夷狄的？鲁兴，齐国就危矣！"

景公转向同车的晏婴，问："你看呢？"

晏婴沉吟了一会儿，说："老夫以为，鲁用孔丘，其势是要危齐。"

景公听了，仰天哈哈一笑，说："我何尝不知？只是孔丘是君子，对付君子，何需大动干戈呢？只要使些小人手段就是了。"

第二十五章 卫

（春秋 鲁哀公七年）

不过十多年的光景，卫都帝丘城里，已是物是人非。

街巷依旧，一如往昔。石板铺砌的街巷，招幌高挑的商铺，赶上雪后初晴，马来车往，行人熙攘，满街泥泞，显出了多年未经战乱的繁华。城南当年住过的颜家宅院，房屋破旧了一些，但院中的那棵老榆树还在，寒风中，依然躯干挺拔，枯枝满树。

颜浊邹老了，早就不杀猪了，但每天还是要去一下集市，喝喝酒，看看热闹。自夫子走后，他失了学，书不读了，认识的字也越来越少了，《诗》三百，如今只能背出"窈窕淑女，君子好毬"一句了，而"毬"这个错别字，至今没能纠正过来。这些年来，他一直盼着夫子回来。这次孔子和弟子们回卫，还是先到他这里来落脚，让他格外高兴。正是过年时节，他重新操刀，亲自杀了一口猪，着意要热闹一番，再尽尽弟子之礼。

楚王的突然驾崩，让孔子赴楚的计划又一次落空。楚国去不了，茫茫中原，一时竟无处安身。在负函城盘桓了几日，孔子左思右想，决定北上回卫。

第二十五章 卫

在一个秋风萧瑟的日子，孔子和弟子们走上了原路，踏上了归途。这一走，走了整整一个冬天，一直到来年的春节时，才回到了卫都帝丘。

卫灵公早已不在了，新君是他的孙子卫出公。卫出公年轻，即位四年了，人还不满十五岁。他的父亲，就是当年出逃晋国的太子蒯聩。蒯聩本想回来，恢复自己的名位，但因弑母叛国的罪名太重，受到卫国朝臣的一致抵制。朝臣们为此改革了体制，省略了王子，直接拥立了王孙。

夫人南子还活着，但成了老妪，被人遗忘了。大家还记着她当年的美丽，时时也会说起她往日的风光。很少有人知道的是，她如今独居深宫，过着寂寞冷清的日子，每天靠着和宫女斗牌来打发时光。只有坐马车出宫兜风的习惯至今坚持着，每到月初的集市之日，不管刮风下雨，都会叫人备好车马，自己选一条漂亮的披肩，到市上兜一圈，回味一下当年的招摇。这是她现在生活中唯一的乐趣了。

孔子到了卫都，很想打听一下南子的境况。如今，两人都老了。弟子们也不会再胡乱猜疑了，几次想问，又觉得不好开口，只在心里隐隐存着此事。

此次见楚王而不遇，让孔子心灰意懒，彻底淡了求仕之心，觉得自己老了，渐渐起了故乡之思。

在卫国，弟子们倒是跃跃欲试，都想有个学以致用的机会。

卫国的执政，是大夫孔悝。他是真正的皇亲国戚，逃亡在外的太子蒯聩是他的亲舅，由他一手扶立的国君卫出公是他的表弟。在这反目的父子之间，他坚定地站在了儿子一边。虽说都是亲戚，亲疏总是有的，再说，侍弄年幼无知的表弟比孝敬老谋深算的舅舅，对他来说，要容易许多。

孔悝听说孔子的弟子中，子路最是有勇无谋，知道可用，便请为家宰。

那日，上任之前，子路来问政。

子路入了堂，见夫子正聚精会神读书，就肃立在旁，好一会儿没出声。待夫子读完一简抬起头，才开口说话。

子路问："卫国之政，要是由夫子来治理，该先做什么？"

孔子想都没想，就说："先正名。"

子路听了，笑了起来，说："夫子真是有些迂了。这卫国之名怎么正呢？难道要赶走卫君，迎蒯聩回来？"

孔子不太高兴了，说："怎么能这样说话呀？君子对自己不懂的事情，可以存疑，但不能乱说。一个国家，名不正则言不顺，言不顺则事不成，事不成则礼乐不兴，礼乐不兴则刑罚不中，刑罚不中则百姓手足无措，手足无措就会乱说乱动。那样，一个国家怎么能治理得好呢？正名之事，绝不能马虎。"

子路知道自己刚才的话说得不知轻重，吓得赶紧告退了。

子路退下不久，子贡就来了。他是来帮子路向夫子问政的。子路问政，碰了一鼻子灰，还是不得要领，眼看几日后就要上任，心里没底，不知道夫子到底是支持当今的卫君呢，还是支持流亡在外的蒯聩。这父父子子，要是分不清，那君君臣臣，也要搞乱的。国有原则，事有立场，只好托子贡出面帮忙，再来问问清楚。

第二十五章 卫

子贡跟夫子回到卫国，并不急于出仕，而是重操旧业，再施故技，又做起了买卖。帝丘是老家，本来人脉深厚，这些年四处奔走，更是见多识广，如今做起生意来，气象自是与过去大不相同，翻手覆手之间，总是千金的进出。现在夫子的日常家用，因没了国君的俸禄，一概由他供应。

子贡仍是一身丝绸新衣，光鲜闪亮。进来后，先是问安，然后谈天，说了好一会儿话，才绕到正题，当然，也是绕着弯地进了正题。

"夫子，伯夷、叔齐都是什么样的人啊？"子贡问，一副天真好学、虚心求教的样子。

"都是古代贤人啊！"孔子说。

"那哥哥伯夷是不是该遵父命而让国呢？"

"应该，"孔子说，马上反问道，"弟弟叔齐不也该坚辞不受吗？"

子贡不响了，过了一会儿，又问："不知他们心里有怨没有？"

"求仁而得仁，有什么可怨的呢？"孔子说。

子贡站在那里，想了想，说："明白了。"就告辞了。

走到门口，孔子把他叫住。

"天下的道理本来就是这样。可惜啊，世上贤人越来越少，一切想按道理去做，也越来越难了。"孔子叹了口气，"我不是想帮蒯聩，让他回国为君；也不是不支持卫君，要他迎父让位。我只是怕卫国名分不正，国基不稳，日后免不了生出事变。告诉子路，要小心啊！"

几日后，大夫孔悝为老父孔文子七十大寿在府中设宴，特意让子路将孔子也请来了。酒宴散后,孔悝留住孔子,请入内室。

孔子入屋,看见一桌金币,高高堆着,熠熠发光,满屋生辉。他不是没有见过钱。那年,楚王特使来聘时,就带来过整箱金币,但这么多金币堆在一起,还是头一次见到。整箱金币,看着不过觉得晃眼,而这小山似的一堆金币,一望真令人头晕。

孔悝见金钱有了效果,不禁高兴地笑了,对孔子说:"此是卫君所赐。卫君本想请夫子相国参政,知道夫子无意出仕,不好勉强,托我奉上这份薄礼,只想要夫子讲一句话。"

孔子转身执礼,谢道:"孔丘何能,蒙卫君厚爱!不知何言如此金贵?"

孔悝赶紧让座,说:"夫子道德学问,闻名诸侯,一言可定君臣名分,正天下视听。卫君所要,只是夫子一言:说驱父为国,即位为民,卫君所为,既孝且仁。"

孔子沉默了半天,恳切地说:"这话不好说啊!此事名不正,言就不顺啊!"

孔悝有些不悦,说:"朝廷尊重知识,爱惜人才,为了什么?养着那么多儒生,不就为了把那些说不圆的事情给说圆了吗?不然,卫君赐你那么多钱干吗?"

孔子听了,觉得受了污辱,站起身来,正色言道:"富,人之所欲也。富而可求,虽执鞭之士,亦可为之;富而不义,于我如空中浮云。钱虽多,匹夫之志不可夺!"

说罢,就叫备车,没再多看那堆金币一眼,立即起身告辞了。一路上,他心里憋闷,嘴里嘟囔着:"鸟能择木,木岂能择鸟乎？！鸟是会飞的，会飞的。"

那天夜里，孔子刚刚睡下就被唤起，说鲁国家乡来人了，有急事见他。孔子起了床，重新穿好衣服，来到大堂，见一中年汉子等在那里，定睛一看，面前竟是儿子伯鱼。十多年不见了，他的样子变了不少，虽粗壮了许多，但眉目鼻嘴之间，依稀可辨出儿时的模样。

父子相见，心情激动，都说不出话来，好一会儿，伯鱼才说："爹，娘去了。"

"什么时候去的？"孔子惊问。

"前天走的。我连夜赶来，给父亲报丧。"

孔子面有哀伤之色，许多悠远的事情，似晨晖夕照，窗风阶雨，明明暗暗，点点滴滴，一齐袭上心头，一时只恨山高水远，遥遥迢迢。默然许久，才说："鲤儿啊，我现在回不去啊！你先好好葬了你娘吧。"说着，哭出声来，"要是能早一点回国，兴许还能见上一面"。

弟子们见孔子循礼而哭，哭得尽哀，也跟着伤心起来。

伯鱼不敢停留，当夜就往回赶。不想，他将母亲的葬事办好不久，自己也染病身亡，竟没能等到父亲归国返乡。这次相见，成了他们父子间的永诀。伯鱼虽然先走了一步，但他去世之年，留下一子，名伋，字子思，使孔家后继有人，也算尽了孝。

那天，子贡在一旁，见夫子闻丧而不能奔丧，知道不免会有思归之心。他当即修书一封，私下叫人带给了几年前回鲁为季府做事的冉求。

丧期一过，弟子们怕夫子哀痛伤身，就拉他出去散心。正值初夏，日晴风暖，花繁荫浓，赶上大集之日，客商云集，瓜果上市，店铺叫卖，摊贩兜售，城里人潮如流，将那大街小巷挤得水泄不通。车马通行不过，只能停在街口外，夫子和弟子们下了车，在桃李、杏枣中间穿行，挑挑拣拣，寻些百姓乐趣，倒也乐而忘忧。

正在高兴之时，只见远处一辆马车缓缓驶来。那是一辆驷马驾辕、高篷宽舆的辎车，车舆两侧，雕花刻兽，镶金嵌银，因天长日久，雨淋日晒，色彩有些淡暗，金碧虽在，辉煌已去，只是那豪华气派隐然还在，像是闺府的小姐，虽已是布裙麻衫红头绳，依然是大家仪态。车窗里面，帷幔低垂，看不见坐着什么人。

那车子行到街市，驶不进来，车上的人，似乎不肯下车步行，车就堵在路口，进退不得。驾车的人着急，不断吆喝，几匹马也堵得不耐烦，扬蹄嘶叫。

孔子望见那马车，觉得眼熟，正在想以前在哪里见过，突然一阵轻风吹过，吹开车窗帷幔，只见车里坐着一个老妇，一身华服，围着一条大红披巾，容颜愁苦，表情呆滞，正痴呆呆地望着窗外。窗外是一个热闹而与她毫无干系的世界。

孔子愣在那里。在那瞬间，他认出车里坐着的是夫人南子。眼前的老妇人，尽管与那时娇羞灵动的南子判若两人，但脸上依稀还能看出当年的美丽轮廓。

他立在那里，被电击了一般，脑子震荡得一片空白。老妇人漠然的目光，从他身上划过，目光似乎闪动了一下，又平缓地移开了。

车窗的帷幔慢慢落了下来。

第二十五章 卫

那辆马车退后了几步,掉转了车头,沿着原路驶了回去。

孔子呆立在那里,望着缓缓驶远的马车,一副失魂落魄的样子。

一年后,鲁国终于传来了大家企盼已久的好消息,说是鲁君要召夫子回国了。背后促成此事的,当然是弟子冉求。

自那年回鲁后,冉求一直在季府做事,先为家宰,显出经邦济世之才,为季康子倚重。前些日子,齐师侵鲁,鲁国无人,便命他率师抵抗。他一战大捷,在郎地克敌,将齐师赶了回去,又表现出了不凡的军事才能,成了战斗英雄,被视为鲁国下一代的领军人物。

在庆功宴上,季康子问他,军旅之事在哪里学的?前天夜里,冉求刚好收到子贡来信,嘱他尽快在这边想想办法,让夫子能够早日回鲁,这时便回答说:跟夫子学的。说起孔子,季康子当然听说过,其父季桓子临终时,对他曾有"相鲁,必召仲尼"之嘱。他一直以为孔子只是博学之士,没想到竟是文武双全,当即惊奇地问,夫子会打仗?冉求说,是否能跃马杀敌不知道,但不战而屈人之兵,没有问题。季康子问起孔子的用兵之道,说与三十六计比起来如何。冉求本来是随便一说,为夫子做些铺垫,没想到季康子如此认真,只好继续发挥,说孔子的用兵之道,与众不同,正名为先,然后播之百姓,告之鬼神,兵马往往未动,敌方已自行溃败,绝非三十六计之类的雕虫小技可比。季康子听后肃然起来,连声说,神了,神了。露出仰慕之色,忙问如何才能将孔子召回来。冉求沉吟了一下,说可以想想办法。只是君子和小人不可兼得,要迎君子,先要清理小人。季康子说，那好办，告诉我，谁是小人？冉求说，假公济私之徒，像大人身边的公华、公宾、公林等人，虽姓公，却只会谋私。季康子想了想，举手一砍，做割肉状，说，赶走就是。反正小人多的是，以后需要再找就是了。就这样，谈笑间，冉求将夫子回鲁这件大事办妥，顺便还将季府中自己看不顺眼的几个小人给办了。

季康子立即上报鲁哀公，说要召孔子回国。鲁君知道孔子是先王定公的旧臣，曾堕过三都，一直就有此意，只是不敢提出，现在季康子主动提出，自然不会不同意。

听说能够返鲁，弟子们一片欢天喜地，想想以后不用四处奔波再做盲流了，都有了归属感。子路刚做了孔悝府的家宰，一时走不开，只好先留下。同时留下的，还有高柴等几个弟子，都在卫国出仕，职责在身，不好擅离职守。

那天早晨，弟子们起了床，就忙着装车，将十多辆马车装得满满的。子路、高柴等都赶来相送。临行前，孔子点了一遍弟子的人头，发现少了一个，又点了一遍，还是少了一个。仔细一查，是公伯寮不见了。赶紧叫人去找，却怎么也寻不见。众人说从昨晚就没再见过他。这时，一个门人讲，昨日黄昏，见他独自出了门，一人向西南去了。孔子听了，心里疑惑起来。

这公伯寮是他早年的弟子，在鲁国时就拜了师，只是记不清什么时候在什么地方了，反正常在眼前晃来晃去，晃着晃着，就成了入门弟子。

"公伯寮总是神神鬼鬼的，"子路生气地说，"夫子，先行吧！我这里再慢慢寻他。"

孔子知道，子路和公伯寮一向不和。当年，子路为季府宰时，公伯寮曾几次到季桓子那里进过谗言。子路如今在卫国孔悝那里做事，他也冷言冷语，肆意诋毁。好在子路心粗，不以为意，倒是有些君子胸怀。

这次，公伯寮不辞而别，会去哪里呢？

孔子猛然想起，那年过宋，自己遭桓魋追杀之时，公伯寮也曾不辞而别过，直到师徒们在郑国会合时，他才重新出现。那天进过宋都的人里，除了司马牛、高柴外，再有就是公伯寮了。他以前猜疑过司马牛，怀疑过高柴，却从来没有想到过公伯寮。想到这里，孔子心里隐隐有了不祥之感。

第二十六章 小人

（编年：孔子五十四岁）

月黑之夜，公山弗扰带着兵马，长途奔袭，一举将季府包围，把鲁定公和季桓子都堵在了里面。黄昏时，他先是带兵攻打王宫，鲁定公正在后宫准备饮酒作乐，突然听到兵变的消息，吓得不知所措，刚刚备好的宴席，来不及享用了，嘱咐了一句"先温着酒"，就带着一群近臣，慌忙出宫，投奔季府。公山弗扰立即挥师，直扑季府，心想，这下更好，可以将鲁定公和季桓子一并除掉。

深夜，季府门前，火光一片，杀声震天。公山弗扰的叛军，打着火把，正在用巨石撞门。季府的兵士，在里面拼死抵抗。大门几次被撞开一条缝，又几次被顶回来关上。

公山弗扰，奇姓怪名，公山复姓，弗扰双名，像是五星级宾馆里那个免打扰的挂牌。他本是季桓子的家臣，多年的亲信，只因季桓子宠信了另一个家臣仲梁怀，让他顿感失意，一怒之下，转而投靠阳虎，做了家臣的家臣。阳虎先是替他报了仇，把仲梁怀赶出季府，又贿他黄金百两、白银千锭，还命他为费邑之宰。这费邑是季孙氏的都邑，政治上重要，岁俸也最丰厚。阳虎为乱时，谋杀季桓子，在圃园布置的就是他。无

第二十六章 小人

奈,千虑一失,让季桓子侥幸逃脱,他被阳虎骂得是狗血喷头。阳虎溃败,他见大势不好,马上反戈一击,派兵追捕起阳虎来了。阳虎逃亡后,季桓子论功行赏,让他继续当费邑之宰,还赏他牛羊无数,让他祭祀时有东西做牺牲。

习惯成自然,三年之后,他又叛了。这次干脆弑君了,带着费邑的叛军来攻打鲁都。

季府大门终于被撞开了。公山弗扰看着自己的兵士潮水般涌入,热血有些沸腾,觉得大功就要告成。这时,手下来报,说是鲁君和季桓子退守武子之台,连同一群朝臣,都被死死地围在那里,插翅难逃。

公山弗扰拎着长剑,大踏步地走进季府。季府里的地形,他太熟悉了,简直是熟门熟路。这武子之台,是当年老主人季武子为自己六十大寿而筑的一个高台,有百尺之高,全部巨石垒成,台内有一窄梯可通顶端,大门一闭,外面的老鼠也进不去。当年筑台是为了登高望远,如今却成了避难的好地方。

叛军将高台团团围住,因台上箭下如雨,一时无法靠近。高台上,一群人挤着,黑压压一片,惊慌得像热锅上的螃蟹,互相缠纠在一起,横行不动了。公山弗扰见强攻不行,就想到了火攻,急令兵士堆柴。他本想生擒鲁君和季桓子,现在想烧死他们也行。活的没有,就要死的;生的没有,就要熟的。

让他心里更高兴的是,司寇孔丘也被围在了高台上。说起来,这场兵变,大半是由他引起来的。

两年前,这个孔丘当上了鲁国司寇,不久,又摄相执政。当政之后,孔丘不干别的,偏要"堕三都"——砸季孙氏、孟孙氏和叔孙氏三家都邑的城墙。先是拆了叔孙氏家的郈邑，叔孙氏家忍着，没敢说不；接着就要拆季氏的费邑，季桓子还没表态，他公山弗扰先急了。费邑是自己的老窝，老窝要被人整个端了，他能不急吗？他当即就反了，一向反惯了，几年不叛一把，就感觉生活里缺了点什么。他联合了叔孙氏一齐起兵，带着几千兵马，直扑鲁都，想挟了鲁君，擒了季桓子，当然，更想活捉孔丘。

　　实际上，这些年来，他一直在拉拢这个孔丘。这事，当年阳虎做过，但没成功。他认为，阳虎诱之于利禄，手法不够精细。拉人下水，先要寻其短处。人皆有短处，短处就是缺口，有了缺口，不能铁杵撬开，也能灌水进去。有人爱权，有人贪钱，有人好色，都是很好的缺口。孔丘的短处，有些与众不同，他好周礼，爱周公，确有非同寻常之处，不过，缺口就是缺口。自己在费邑主政时，曾装着准备在费地全面复辟周礼似的，贴上标语，拉上横幅，好像万事俱备，只差一个周公了。然后，派人去请孔丘。那孔丘毕竟是一个读书的呆子，见有人以周公之礼待他，自然激动万分，哪还会问真假。那时，孔丘既是贤人，也是闲人，胸中理想，腹里学问，无处可用，正在难受之时。有人请他去当"周公"，重兴周之盛世，哪有不动心之理？当即就收拾行装，要立刻启程，还说，费邑虽小，难道就没有希望吗？当年周文王、周武王不也是起于小小的丰、镐之地吗？又说，人家召我，不是没有深意的，难道不是为了再造仁义之国吗？弟子们想笑而不敢。要不是子路竭力劝阻，他就动身了，真的要到费邑来给他公山弗扰当"周公"了。

第二十六章 小人

兵士们将柴堆点燃,大火借着风势,"呼啦啦"地烧了起来,烈火熊熊,浓烟滚滚。因柴木不多,火焰一时烧不高,但浓烟熏得厉害。高台上的众人,此时由热锅上的螃蟹变成了炉架上的烤鸭,且是木炭烤的,个个面目焦黄。

就在急火上攻之时,公山弗扰忽听背后有人低声唤他,回头一看,树下暗影里,站着一个精瘦精瘦的人,正冲他作揖,火光闪动,那人的脸上忽明忽暗,看不清楚眉眼嘴鼻。

"大人快走吧!"那人说,"奉司寇之命,左将军申句须、右将军乐颀,正领着一万兵马,向都城这边杀过来了。"

"他们到哪儿了?"公山弗扰有点慌,感到头晕脚软。

"听说马上就要围城了。小人特来禀报一声,怕晚了,大人走不了。"

公山弗扰听了,急急喊撤,转身就跑,跑出了几步,见那人在树下立着不动,觉得奇怪,回过身子问道:"你干吗不跑?难道——"

"小人公伯寮,是孔丘的弟子,倒是不用跑的。"那人隐在树下暗影里,脸上依然明暗闪烁。

公山弗扰心里一惊,隐约记起当年阳虎曾派一手下去孔丘那里当线人,每日报告其起居行止和弟子们的思想动态。那人听孔丘的课多了,竟学会了许多儒家道理,也满口"孝悌忠诚信""温良恭俭让"的,后来还拜师入门,成了仲尼的弟子,彻底卧了底。自己一直不知道那人的名字,难道就是此人?想来是阳虎败了,他想为自己多留一条后路,所以先来报个口信?或是怕自己知道底细,想远远打发走了再说?

公山弗扰来不及多想,说了声"后会有期",就匆匆逃窜了。几千叛军,刚才还声势威猛,大有踏平季府之势,转眼之间成了乌合之众,纷纷夺路出城,一路溃逃,跑出了几十里外,终于在姑蔑一带被申句须、乐颀的兵马追上,就地歼灭。公山弗扰逃得快一点,只身跑到了齐国。好在那时,阳虎已去了晋国,冤家才算没有聚头。

很多年以后,公山弗扰才知道,自己兵败之后,费邑很快就被拆成了一片残砖碎瓦,而领人去拆的,正是那个公伯寮。公伯寮原以为自己立了功,应该得赏。没想到的是,先是季府需要一个家宰,仲尼向季桓子推荐了子路,让他满怀嫉恨;后来,费邑需要一个邑宰,子路又推举了高柴,更让他心生棘刺。听说他一赌气,私自离了孔门,跑到晋国去投靠自己的老主子阳虎,算是重新归队了。

孔丘"堕三都"堕到最后一家孟孙氏的都城成邑时,却堕不下去了。孟府的人说,成邑是边城,靠近齐国,城墙一拆,齐人就会打过来。孟孙氏当家的是孟懿子,他就是早年与仲尼有交情的公子仲孙何忌,他弟弟就是人称南宫敬叔的仲孙阅,都算是孔门弟子。拆墙拆到熟人家时,大概有些磨不开面子了,只好不了了之。

自到了齐国,公山弗扰便一蹶不振,每况愈下。先在大夫黎钼家里做典客,负责些迎来送往之事。后来,黎钼见他身强力壮,还会些武功,又无家室拖累,就让他带着人走街巡更。待人老了,街走不动了,更也巡不了了,又被发派去守城看门,整日就住在城楼上,与雨燕和蝙蝠为伴。

一日傍晚,赶上秋雨连绵之季,他见一群老乞丐躲进城门洞里避雨,为首的丐头,正从一个老叫花子手里抢夺食物。

第二十六章 小人

显然,那老叫花子找来的食物令丐头不满,故夺其口中之食,还用树枝敲其脑袋,以示惩戒。那老者白发披散,一身烂衣,拼命抱住怀中自己好不容易讨来的一点残羹剩饭,死活不肯放手。公山弗扰看不过去了,提着根打狗棒,上前去轰他们。走到跟前,刚想呵斥,见那丐头,精瘦精瘦的,有些脸熟,定睛细看,脸长头尖,眼小眸斜,不是公伯寮又是谁呢?心中暗暗吃惊。这时,旁边的老叫花子,抓住间歇,将那残羹剩饭,稀里胡噜,全吞咽入肚,果腹之后,也抬起头来,一脸污垢,满口无牙,拖着鼻涕,流着口水,只是一双眼睛,浑浊之中,射出凶光,公山弗扰愣了,认出他是阳虎,虽老得不成样子了,却还有些虎威模样,一时惊得说不出话来,手里的棍子也掉在地上。他听人说过,阳虎投了晋国赵鞅之后,先攻打中牟,灭了佛肸;又率师南下,伐陈征蔡;后又帮着卫太子蒯聩偷袭卫都,夺回君位,立了不少汗马功劳。赵鞅死后,晋国大乱,他待不下去了,就去了卫国。不久,卫国也不安稳,卫君蒯聩用人太狠,劳役过重,闹得工匠暴动。蒯聩越墙而逃,才算保住了一条性命。阳虎则从后院狗洞钻出,带着公伯寮等亲信落荒而逃,去了宋国。到了宋国,投在司马大将军桓魋麾下,尚未立功,桓魋就垮了。桓魋逃出宋国,死在了异乡,当年精心打造的石棺最后也没能用上。几经变故后,阳虎和几个亲信,竟如丧家之犬,无处容身,最后流落街头,成了丐帮。让人想不到的是,公伯寮仗着年轻几岁,在帮里当了老大,欺负起自己当年的主子来了。真是此一时,彼一时,人心险恶,世事难料啊!公山弗扰不禁想起二十多年前的那个杀人放火之夜,要是月再黑些,风再高点,让他把鲁君、季桓子和孔丘一起烧死,自己今日也不会沦落成一个看城门的老头呀!想想动了兔死狐悲的恻隐之心,呵斥了那丐头几句,没有继续轰赶,让这群老乞丐在城门洞里过了一夜。

第二十七章　鲁

（春秋　鲁哀公十三年）

孔子归鲁，说是荣归故里，也成了告老还乡。

那天，人没到都城，就远远望见树林间一片旗幡。孔子知道那是鲁君派来的郊迎队伍，精神抖擞起来。让他没想到的是，年轻的季康子会出城亲迎，隆重之外，凸显了规格。当年，自己在鲁国为司寇时，季康子还是一个青年恶少，每日呼朋唤友，牵狗擎鹰，从街上呼啸而过，惹过不少治安问题。一晃十四年，不想规矩起来，做了鲁国执政，掌握了一国百姓的危安。

欢迎仪式，设在城南高门外。这里就是当年鲁定公和季桓子观齐女艳舞之地，好在大家都不记得了，没人觉得有什么不妥，孔子下了车，不让弟子搀扶，自己拄着杖，一路向城门走去。城门前，身胖体肥的季康子恭立迎候，两旁是仪仗，兵勇将帅，剑短戟长，一派威武雄壮。又听得礼炮三鸣，鼓乐大作，郊野四周，一阵阵欢呼之声。

看着年迈的孔子颤悠悠地走过来，这边季康子倍感失望。夕阳中，他看着一个老者，满头白发，体态龙钟，三步一停，五步一揖，步履蹒跚地走过来，时趋时缓，一摇一晃，心里着急，怕他天黑了也走不到跟前，又怕他一脚踩空，跌倒在地。季康子脸上堆出笑容，心里却恨起冉求，怎么会推荐这么一位老朽来领兵打仗呢？他没想到，声名日隆的孔子，不过十多年工夫，竟老成这个样子，本还指望他跃马杀敌呢，现在看来，能运筹帷幄就不错了，弄不好，只能当"国老"养起来了。想到这里，挥了挥手，让家臣将准备好的金币百枚先收了起来，说不拘币迎之礼了。

那天晚上，季府设宴，为孔子师徒一行洗尘。席上，季康子不甘心，还是向孔子请教了用兵之道。齐师近日又在边境侵扰，他心里不能不急，希望全寄托在了孔子身上。

孔子不知道冉求做过铺垫，把他在军事上高抬了，一贯性地谦虚了一番，回答说："仁者无敌。仁者用兵，举直而已。"

季康子听了，急着问："何为举直？"

孔子说："举直者，正义也。正义之师，所向披靡。"

季康子不得要领，又问："这义如何正呢？"

孔子认真地说："用兵如为政，政者正也，以身作则最重要。率师以正，孰敢不正？"

季康子还是一头雾水。他人胖，吃饭爱出汗，听了孔子的话，努力去想吧，一使劲，更是汗流满面，心里仍不明白。想想这些道理都对，可抵御不住齐师啊！

旁边的冉求听着也着急，想插话转移话题，却没有机会，只好拼命咳嗽，又使劲夹菜劝酒，想分散季康子的注意力。

季康子见用兵问不出一个所以然，又问起了治盗。近来境内盗患猖獗，正苦于没有良策。

第二十七章 鲁

孔子脑子里还在想着正与不正之事，见季康子问，不假思索，说道："治盗亦如为政，以身作则最重要。大人若不贪，小人赏之不窃。"

季康子听了这话，差点被噎住，脸色由红渐紫，不知是气的还是憋的，好一会儿才恢复正常。当时，国库家用都紧张，他正考虑增加田亩赋税，每村在赋税之外，要另出戎马一匹，甲丁二人，耕牛三头，惹得民怨沸腾。他以为孔子语含讥刺，意有所指，要当社会良心、百姓喉舌，但见孔子一脸认真，言辞恳切，并无嘲讽之意，心里虽不舒服，也不好当场发作。当晚，草草敬过三巡酒，就叫散了席。

宴后，季康子叫来冉求，一顿责怪。冉求知道自己这次办事有私心，夫子又实在不会说话，无以自辩，只好为季府田赋增税献计献策，算是弥补过错。日后到各地为季府催租收租，强征暴敛，格外尽心尽力。孔子不知其中曲折，更不了解冉求内心委屈，以为他一心助季氏聚敛，忘了仁政之本，生气地对其他弟子说："求，非我徒也，大家可鸣鼓而攻之。"冉求几次想当面解释一下，孔子不见，师徒俩从此竟有了隔阂。

几日后，孔子进宫谒见鲁君。见面时，鲁君问政。孔子回答说："政在选臣。"又说，"文武之政，重在布策。人存，则其政举；人亡，则其政息。"鲁君听了，叹息起来，知道自己为君，却选不了臣，臣是要由季府来选的。自己虽然人还在，可政已息了。孔子见鲁君叹气，情绪消沉，以为自己所言又迂阔了，想想自己一生游说君王，没有说成的，心情黯然起来，也不想多言了。君臣两人相对无言，静默了一会儿，孔子就起身告辞了。鲁君也不多留，叫人拿来一块前几天剩下的祭肉赐他。孔子见了,思绪万千,竟有些无语凝噎。

　　孔子荣归之后,就闲居起来。他不知季康子嫌自己老了,还以为道不同,不相与谋呢,便不去求仕,整日闭门在家,专心著述。先是编辑了《诗》《书》,又整理了《礼》《乐》,最后撰写《春秋》。这《春秋》原是鲁国正史,记些朝政国事,从鲁隐公元年一直记下来,记了二百多年。孔子借修订之际,寓褒贬于增删,把多年的所思所想和牢骚愤慨,一一写进书里。不好直言的,便曲折笔法,生造新字,植了不少语刺,藏了不少深意。像把自己赞赏的国君称之为"君",自己不喜欢的贬之为"子"。那些谋害君王而篡位的,都以"弑"字记之,让他们永远赖不掉。写完之后,自己觉得字字千钧,句句有威力,以为国君人主看了一定喜,会更加努力向上;乱臣贼子看了一定惧,从此不敢犯上作乱。又怕笔法曲折,文字隐晦,意思不够彰明,别人理解不了,埋没了其中的许多微言大义,就常常对弟子们逐字逐句地解释,还感叹道:"将来,知我者,以《春秋》也;罪我者,亦以《春秋》也。"

　　平日里,孔子在杏坛之上,与弟子们坐而论道,终日不倦。春秋寒暑,吟诗诵书,清风朗月,笙乐弦歌,院中充满了文化气息。当年手植的那棵银杏树,离国之时,不过一人之高,双掌可握,十多年间,晃然长成了参天巨木,直指云霄,又从根部生出众多分干,合生在一起,三人难以环抱。树冠高大,遮风避雨,浓荫匝地,果实满枝,显出万千气象。

　　各国学子,慕名而来,四面八方,成百上千,不思登堂入室,也想进院及门,一睹大师风采。人数最盛时,竟有三千多人,一时连吃喝拉撒都成了大问题。宅院外常常是两个长队,一是端着碗，等着盛粥；一是提着裤子，候着蹲坑。求学之人太多，孔子自然无法一一亲授，有人建议增加师资，由弟子替夫子代课。弟子中学问好的，要数颜渊最得夫子心传。可颜渊用功过量，刻苦过度，加上又节俭过甚，长期营养不良，年纪轻轻，就百疾缠身，一病不起，卧床数月，有心讲学，也无力授课了。颜渊之外，能讲学的就是子贡了。子贡虽不像颜渊那样，牢记夫子的只言片语，但他人聪明，常别有会意，自有发挥，总能讲出新意。大家找到子贡，让他试着开课，多招学子，以光大孔门。一向自负的子贡，这次竟谦虚起来，听了就摇头，说："别开玩笑，别开玩笑。我怎么能代夫子讲课？夫子的学问，比如宫墙，有数仞之高，我那点东西，不过及肩而已。"说着用手一比画，把自己的学问量化了一下，又感叹道："夫子讲解《诗》《书》，我们还能听懂，一说到天道与性命，我们就迷糊了，完全不知所云了。"

如今，孔子更加沉迷于《易》，几乎到了废寝忘食的地步。他五十岁时开始读《易》，至今读了整整二十年，还是没有读懂，只是心得越来越多。天下之道，尽在"六经"之中，他已精通《诗》《书》《礼》《乐》《春秋》，唯独这《易》仍似懂非懂。人世间的道理，清楚明白，国有三纲，人有五常，治国安邦，天下就是大同。可这人间正道，上自君王公卿，下至百姓庶民，就是没人愿走。这些年来，他周行列国，一路艰辛，游说君王，苦口婆心，结果是四处碰壁。如今到了七十岁，才疑悟起来，一生坎坷，或许就是因为没有好好学《易》？冥冥之中，难道另有天道，左右着人世？他老来读《易》更加刻苦，一心要从冥冥之中也寻出些三纲五常来。

此时,他已将《易》细细读了九遍,正在读第十遍。

那日,他在堂中潜心研读,读到"复卦"二十四时,突然心绪不宁起来,眼前的卦象和爻辞模糊了,浮移起来,紧接着,"嘣"的一声,编穿竹简的皮带突然断了。

孔子陡然一惊,赶紧细读那卦辞:

出入无疾,朋来无咎。
反复其道,七日来复。

正为辞义困惑时,子贡走了进来,身后还有几个弟子,都穿着麻衣,一身白孝。

"夫子,颜渊去了。"

孔子睁眼看着子贡,没有反应。

"夫子,颜渊去了。"

孔子听见了,还是没有反应。颜渊病了很久,六天前突然重了起来,他不是不知道,可怎么也想不到颜渊会走得这么快,走在了自己的前头。

半晌,他才喃喃地说:"天要我亡啊!天要我亡啊!"

子贡不懂夫子为何发此不祥之叹,也不敢多问,等了一会儿,双手捧上一个雕花木函,说:"这是颜渊临终前托我带给夫子的。"那木函里面是二十卷简牍,简上篆字行文,精工细刻,娟秀异常,"颜渊说,这是追随夫子几十年来,夫子言谈身教的记录。颜渊还说,夫子的学问太深了,仰之弥高,钻之弥坚,瞻之在前,忽焉在后,常常不能完全理解,只好如实记录,字句不敢脱落,文意不敢穿凿,有漏、错、断、连之处,只好请夫子原谅了"。

孔子手抚着木函,泪水流了下来,也不擦拭,任其纵横,仰首望天,默然无语。

子贡见了,劝夫子不要太悲伤了。

孔子说:"我不为颜渊悲伤,又为谁悲伤呢?!"

颜渊的后事,弟子们主张厚葬,隆重一些,孔子不同意,说颜渊一生安于清贫,生时居陋巷,死后墓室也不必豪华,丧事还是从简为好。

那天,颜渊的父亲颜路,由人搀扶着来见夫子,颜路是最早的弟子,如今也到了古稀之年,老得腰弯背屈,走不大动路了,拄着杖,三步一歇。见了夫子,口未开,已老泪涟涟,泣不成声,说想为儿子买一副好一点的棺椁,家里穷,只好来求夫子。他知道夫子也没钱,想求夫子将车卖掉,凑出些钱来。那车子,是当年他亲手为夫子打造的。现在家里东西卖光了,只能来求夫子了。

孔子听了,又落下泪来,说:"颜渊是你的儿子,我亦视之如亲子,可惜他走得早了。庶民百姓,葬时有棺即可,不能有椁啊。鲤儿死时,也是有棺无椁。"

颜路泣诉道:"我们父子跟了夫子一辈子,哪能不懂这道理呢?回儿命苦,一生克俭,没过什么好日子,死后不能让他再贫穷下去了。我老了,活不了多久了,就想为儿子好好办个丧事,在阴间有个温饱。余生就这一个愿望了,其他也就不多想了。请夫子一定帮忙。"

孔子说:"我不能卖车啊!不是舍不得这辆车,我是鲁国大夫,不能没车啊!随君出行,没有车,不合礼法。再说,徒步也是跟不上队伍的呀！"

颜路听了，不好再说什么了，拭着泪，告辞道："让夫子为难了，让夫子为难了。"

望着颜路伤心离去的背影，孔子潸然泪下，说："我心里也难受，但不敢违礼呀！"

一旁的子贡看着心酸，偷偷叫人去买了一副上好的棺木，又私下拿出一些钱，让大家把丧事办得体面些。夫子知道了，没说什么，只是叹气。

颜渊去世后，孔子形神俱衰，迅速见老。先是目力模糊，后来听力下降，渐渐精神也大不如从前，还开始忘事了。有时才用过午餐，又坐在那里等着开饭；有时叫错弟子的名字，把曾参呼作颜渊，把子贡唤成子路。平日讲学，言语也越来越少，虽说是言简意赅，但有了上句，没了下句，叫人着实费尽思量。有几次与弟子们讨论时，他竟瞌睡了过去。老弟子们看了难过，心里为夫子着急；新弟子们不理解，觉得自己交了束脩，却没有识到多少字、学到多少本事，啧啧有了怨言。

好在此时，孔子已将《诗》编定了三百零五首，《书》辑好了一百二十篇，考证了夏、商、周三代之礼，纂成了《仪礼》一书；校准了《韶》《武》《雅》《颂》之谱，重现了正乐之音。《春秋》一书，也记到了鲁哀公之时，乱臣贼子一时没有什么新动作，倒也没有太多好记的。唯有《易》书，仍是读而不透，通而不懂。那些卦象，长长短短，重重叠叠，蝌蚪文似的，虽能望文生义，总觉似是而非。他写下不少读《易》的心得，有彖、象、文言、系辞、说卦、序卦、杂卦诸篇，但总有言不尽意、得言忘意之感。他对身边的弟子说："若是老天假我数年,我一定能将这些卦象整理得清清楚楚、明明白白,像《诗》《书》一样可诵可读、可吟可唱!"

转眼又到了冬季,大雪纷飞、朔风怒号。一日,孔子早晨起来,又在窗下读《易》。屋外天寒地冻,室内灶火又熄了,竹简都冻在一起,硬邦邦的,翻起来"嘎嘎"作响,要裂开似的。此时,他读到"离卦"三十,正在揣摩那卦象时,那竹简的编带"嘣"的一声又断了。

孔子凛然一惊,见那编带断在了那卦的九四爻位,爻辞是:

突如其来如,焚如,死如,弃如。

孔子心里悚然,觉得有事要发生,整天惶惶不安,到了傍晚,见平安无事,一颗心才稍稍放稳了下来。

晚上,子贡说请大家吃大葱蘸酱。他知道夫子是山东人,平时就爱吃这东西,特意从市上买了几斤大葱,自己做了一大盆肉酱,又叫厨儿烙了许多大饼,特意叫来子夏、子张、子游、曾参等年轻弟子,一起来陪夫子吃饭,大家热闹一下。孔子见了青白的大葱、油汪汪的肉酱和锅盖大的面饼,果然胃口大开,就着葱,蘸着酱,卷起饼子,大嚼起来,吃了一张,马上还要再卷。正吃得高兴,忽然门人来报,说是冉求来了,要见夫子。

"一定是你叫他来的吧?"孔子觉得扫兴,看了子贡一眼。自冉求帮季康子收敛赋税以来,孔子就不再认他这个弟子了。冉求几次登门,他都闭门不见。冉求只好托子贡去解释,说他不是不喜欢夫子之道，只是力不足，实行不了。孔子反问，力不足，就该半途而废吗？说他自己画地为牢，不思进取。子贡想和稀泥也不成。

"这次不是我，"子贡赶紧自辩道，"也许，他真有什么急事？"

门人说："他说有紧急公务报告。"

孔子说："我仍是鲁国大夫，有什么紧急公务，我一定听说，用得着他来报告吗？"想想又说："让他进来吧。"

冉求匆匆走了进来，慌得来不及行礼，孔子皱了一下眉，故意不看他，侧着脸，问道："这次季府要你来办什么事啊？"

冉求说："夫子，卫国政变了。"

孔子听了，心里一紧，转过脸来，忙问："什么时候？"

冉求说："昨天夜里。听说逃亡在外的蒯聩，暗返帝丘，潜入卫都，联合其姐孔姬，胁持了大夫孔悝，发动宫变。卫宫乱了一夜，卫出公出逃了。"

"子路怎么样？还有高柴他们？"

"没有消息。"

"子路太固执了，只怕不懂应变啊。"孔子说。他想起早上断裂的编带和突兀怪异的爻辞，心里一沉。

冉求说："知道为蒯聩回卫带路的是谁吗？"

"谁？"

"公伯寮。"

孔子大惊，手里端着的盛满肉酱的碟子，掉在桌上，肉酱溅了一桌。他知道，公伯寮想害子路，蓄谋已久。返鲁时，他不辞而别，难道去了晋国？此次蒯聩偷袭卫都，背后策划的，一定是阳虎。子路凶多吉少啊!

　　大家正在议论纷纷,忽报高柴回来了。只见高柴衣衫破烂,发鬓散乱,浑身血迹,手执一把锋刃残缺的长剑,从外头跌跌撞撞地跑了进来,一见夫子,丢了长剑,伏地大哭:"夫子,子路被害了!"

　　众人慌忙上前,把他扶起。

　　孔子极度震惊,木然坐在那里,嘴里喃喃地说着:"我就怕会是这样。我就怕会是这样。"

　　高柴一边哭着,一边诉说:"昨夜事变之时,子路和我本不在城中,正在郊外办差。听说有乱,子路执意要马上回城,说食人之饭,忠人之事,即使赴难,君子不辞。我放心不下,就跟他一起回城。到了城中,只见火光冲天,尸横满街,一片混乱。当时,大夫孔悝已经从叛了。我劝子路快走,说主子都降了,我们也不必赴难了。子路不肯,说偌大卫国,不能让人说竟没有一个忠君爱国之人。说完,拔剑冲入宫中,要一人杀尽乱贼,救出卫君。我怕他有闪失,也跟着冲了进去。宫里其实早空了,卫君逃走多时了,根本无君可救。我们一进去,便被乱贼团团围住,拼死才杀出一条血路,子路让我先走,自己却陷在里面,冲不出来了。临死前,他放下长剑,把断了的冠缨重新结好,说了句:'夫子教我,君子死而冠不免……'话没说完,就被冲上来的乱军剁成了肉泥……"

　　高柴哭得说不下去了,孔子不忍听完,站起来,背过身去,一边拭泪,一边指了指桌上的那一大盘肉酱,轻声说:"倒掉。"

　　子路死后,孔子很长时间不再读《易》,既怕再看出凶兆,又怕过早窥破天意。直到来年春天，他才将那《易》书从箧中重新拣出，准备将那第十遍读完。

他小心翼翼地读着，连翻简时都是轻轻的，读到最后第六十四卦时，那竹简新换的编带，还是"嘣"的一声，第三次断了。这次，孔子不惊不慌，看了看卦名，见是"未济"二字，独自凝神沉思了片刻，摇摇头，自言自语地说："吾道穷矣！"

这一卦又会带来什么噩耗呢？又会应在谁人身上呢？

正在这时，城里一片喧闹，街巷都在传，说是有人在西郊狩猎，捕获了一头怪兽，四蹄独角，似鹿似马，浑身鳞甲，如龟如鳄，全城无人识得。

曾参跑来向夫子请教。

孔子问："那兽鹿身、马足？"

"是的。鹿身、马足。"

孔子又问："头上独角？"

"是的。头上独角。"

"浑身有鳞？"

"是的。浑身有鳞。"

孔子想了想，说："那是麟啊！"

曾参说："大家见了这怪物，怕得要死，以为是不祥之兆，扔在城外，它想跑，掉进了河里，好像会些水性，正在河里挣扎呢。"

孔子说："麟者，仁兽也，本是圣王出世之兆。如今，圣王不出，麟也走投无路了，还落了水。"说着，想起刚才的"未济"之卦的卦辞：

第二十七章　鲁

　　小狐汔济，濡其尾……

　　前头无路，河也渡不过去了。这卦难道应在了麟身上？还是应在了自己身上呢？想到这里，就对曾参叹息道："河不出图，洛不出书，凤鸟不至，麟又被人捕获了。我的路，恐怕也走到尽头了！"

　　曾参知道，河图、洛书都是圣王之兆，而凤鸟在文王时出现过。夫子觉得自己等不到圣王之时了。如今，麟兽出现了，无人能识，反遭猎获，又仓皇落水，尽显狼狈，所以伤心。他不好多劝，就悄然退下。

　　自那日起，孔子觉得自己真的衰老了，虽说是春夏之季，体内那种轻扬飘逸的感觉再也没有了，感到的只是身体的颓然和沉重。《春秋》写不下去了，最后一章，停在了获麟的那一年，没有再多写一个字。课也不授了，弟子们来看他，只是忆忆旧，问问各人近况。空闲之时，他就一人默然静坐，并像宰予那样，开始昼寝，睡起午觉来了。午睡时，也会做梦，只是很少梦到周公了，而是梦到当年在鲁执政时的激情岁月，恍惚中，有时会想，要是当年没有为那一块祭肉而赌气远走的话，一生又会是怎样的境遇呢？

第二十八章　友朋

（编年：孔子五十五岁）

师己是在快出边境的地方，才追上仲尼一行的。他们行得慢，走走停停，停停走走，绕了好几个圈子。去鲁赴卫，一百多里的路程，走了四五天，到了这个叫屯的小村，仲尼又要在那里宿夜，说是在祖国再睡上一夜，明日一早过境。

"幸亏夫子慢走了一步，让老夫赶上，还能见上一面。"师己说。他从车上下来，一边执礼，一边让人从车上卸下几坛曲酒。那是鲁国最好的酒，醇香浓烈，入口醉人。

"迟迟吾行也，去父母国之道也。"仲尼感慨地说。见老友特意从都城赶来相送，还带来好酒，心中感动。他走得慢，一是因辞别故土，不免有难舍之情；二是想看看鲁君会不会悔意顿生，派人来追他，将他再请回去。走到边境了，只等来了师己一人，心里既有暖意，又有几分失望。

师己和仲尼自幼相知，曾是隔街邻居，一起玩耍长大，又先后在师襄子那里学过琴，师出同门。他的琴弹得比仲尼好，后被选入宫中，当了职业乐师；仲尼的琴弹得没有他好，便弃琴从政，做官做到了大司寇。可见，有时学而不优，反而能仕。两人都是谦谦君子，相互敬重，相互推崇，并谨守君子之道,平时相聚,经常同餐共饮,但从不喝酒,因为君子之交淡如水,大家只是一起喝点矿泉水。这次,他载酒而来,为仲尼饯行,是破了大例。

那天晚上,村店里的伙计,准备了几个下酒的野味野菜,师己和仲尼在一起喝了酒。月出东山时,两人都有点醉了。师己两眼蒙眬,仲尼的脸也红了。

师己说,一定要走吗?君之过,非臣之过也。

仲尼苦笑,长叹说:君有过,臣能无过吗?不走,行吗?

几天前,齐景公给鲁君送来了美女八十人,彩马一百二十匹,在南城高门一带展示,表演风情歌舞、马术杂耍,一时空城空巷,观者成千上万。季桓子先去看了,立刻如醉如痴,马上拉着鲁君也去看。鲁定公去了,看得更是浑身酥软,血涌脉张,坚持要与民同乐,一乐就是三天,忘了上朝,也忘了郊祭大典……仲尼赌气,决意要离国远走。

师己说:"人家爱看青春美女,爱看轻歌艳舞,爱看马术表演,没有办法啊。"

仲尼说:"君要有君样,臣要有臣样,这样,国家才能像样。"

师己说:"我看你只懂君臣之道,不懂男女之情。这君臣之道,是觉悟;这男女之情,是本性。觉悟哪里敌得过本性呢?本性者,性也,汹于洪水,烈于大火。行事不可逆性。家事如此,国事亦是如此啊!"

仲尼不响了,沉默了一会儿,仰天长叹:"道之行也,是命;道之废也,也是命啊!道不行于鲁,我只能周游列国,游说诸侯,看看天意到底如何。"

师已毕竟是乐师，擅于音乐，不善言辞，此时说不出更多的劝慰之言。他知道仲尼从小脾气倔，爱认死理，多劝也没有用，就取出随身带来的琴，乘着酒兴，要抚琴一曲，为仲尼送行。

他一边调弦，一边自嘲地说："我们这些老调子，怕是没人要听了。"

他奏的是一首古曲，原属郑声，名为《怨歌》，唱的是男子变心，女子失恋，流传到楚地后，痴情中加了些忧国之思，主题深厚了许多，有了主旋律的味道，只是曲调依然哀婉，怨情四溢。

仲尼听着，心由琴动，情随乐起，心潮起伏，情绪波动，借着酒力，和着琴曲，独自高歌起来，因胸中郁闷，嗓音格外浑厚，唱的是旧曲，却换了新词：

> 女子之姿，可以出走；
> 女子之魅，可以亡国；
> 优哉游哉，维以卒岁。
> 优哉游哉，维以卒岁……

本已歇息的弟子们，被这歌声惊起，纷纷出屋，围了过来。他们常听夫子讲课，却没听过夫子唱歌，一曲歌罢，都大声叫好。

仲尼听到大家喝彩，倒有些不好意思了，忙说，久不唱了，高音上不去了。众人说，哪里哪里，调子低点，才有古韵。

说着，仲尼的兴致来了，请师己再奏一曲《龟山操》。这是一首怀乡之曲，此情此景，正好对上心境。

只听仲尼唱道：

予欲望鲁兮，
龟山蔽之！

那歌声深沉、悠扬，众人听着，纷纷感动，一起和着唱了起来：

手无斧柯兮，
奈龟山何！

歌声飘荡起来，回声四起，山谷呼应，此起彼伏，由近渐远。这边歌声歇了，那边回声正起，一波一波，越传越远，惊起阵阵山鸟，"噗噜噜"飞起来，鸣叫声声，在夜空中盘旋。

此时，天上秋月如钩，清辉满地。

歌毕，大家一起干了最后一杯酒，就各自歇息。次日，天一亮，师己送仲尼等人到村外，送到路口，站住了。大路穿过一片荒野，荒野上有一棵新栽的小树，孤零零地立在那里，据说是鲁卫边界的标识。

"只能送到这里了，再送，就要过界了。"师己说。

"鲁国的事情，就拜托了。"仲尼说。

"喏。"师己点头，神情郑重。

"家里的事情，也只能拜托了。"仲尼又说。

"喏，"师己说，"放心。"

"还有一件事情，"仲尼顿了一下，拱手长揖，"也要拜托老友。"

"有事尽管说吧，"师己还礼道，"朋友之托，敢不尽心。"

"要是客死他乡的话，"仲尼说，"望求鲁君恩准，让我尸骨还鲁，葬在家乡，能与父母埋在一起。"

"知道了。"师己说。明白此次是生离死别，眼睛湿润了。

说罢，两人互道珍重，各奔了东西。

师己回到鲁都，季桓子来问，孔丘走时说了什么没有？师己据实禀报，季桓子听了，觉得匪夷所思，说，难道他真是为了那几个齐国小女子而怨我，连祖国都不要了？那时，齐女的艳舞他早就看腻了，又迷上了赵国送来的狼狗，每日拉着鲁君到山里打猎，对下面说，要加强战备，自己正忙着练兵呢。

师己一直挂念着仲尼，知道他先去了卫国，又去了曹、郑，后来到了陈国，再往后，战乱一起，就没了音讯，生死不明。他有时独自抚琴，奏一曲《怨歌》，再弹一首《龟山操》。曲终，嗟吁良久。他想着仲尼走后，鲁国越来越乱，自己虽然有心，却无力回天；孔子妻儿相继过世，自己帮助料理后事，但所做有限。国事、家事两难，深感有负老友之托。又想起仲尼的最后嘱托，决心一定要做好。可就在仲尼回鲁前一年，久病的他，一日忽觉精神好起来，让儿子把琴拿到病榻前，想抚琴一曲。刚刚开了一个头，曲未终，人已撒手去了，临终前只来得及说了句："仲尼的最后之托，我恐怕也完不成了。"

终篇　圣人
（公元前479年）

天未亮，孔子起了床，出了家门，一人拄着杖，径直向城外走去，在晨曦微明中，独自登上一座小山。

那山不高，在一片丘陵中兀自突起，因山势峻拔，草木葱郁，有些巍然气势。只是山顶上光秃秃的，无树无草，一片灰石白岩。

孔子站在山巅，凝然伫立，默默望着远处黑黝黝的山峦，在飘浮的薄雾中时隐时显。

夜半时分，他从梦中惊醒。他又一次梦回周朝。还是那个祭祀的场面：灿烂而寂静的阳光，倾洒直泻，像是轻纱滤过一般，耀目而无暖意，只是将梦境抹上了一层明媚之色。祭祀典礼刚刚开始，百官们盛装饰容，表情肃穆，排成长长的队伍，整齐而又寂然无声地走着，沿着长长的石阶，缓步而上。走在最前面的司仪，是一个身材敦实、面容周正的男子，凛然威仪，步子沉稳而坚定。石阶通向山顶，那里矗立着一座高大的殿堂。云雾飘浮之中，可以望见殿门敞开着，里面是巨大的梁柱。梁柱之间，是高高的祭台。祭台四周，雕刻着龙、马、凤、麟；台前，摆放着各种青铜祭器，祭器上刻着饕餮之像。香雾缭绕,鼓乐低回,灵鸟神兽和饕餮之怪,都在隐隐跃动……

祭台上,被祭奠者端然坐在那里,隐在阴影中的面容,依然无法看清。

自己在梦中曾无数次走近这个祭坛,却没有一次看清过这受祭者的容颜,每次总在要看清的那一刻,梦就醒了。

这一次,他走近了,走近了,越走越近,离祭台只有几步之遥了,那受奠者高高地坐在那里……就在那梦惊醒的一刻,殿堂里灵光一闪,如闪电,瞬间将大殿里映得金碧辉煌。他猛地抬起头,终于看清了那祭台上受祭者的面容。

他惊呆了。

晴空万里,一声霹雳。日光破碎,漫天缤纷,片片坠落,丝丝摇曳。殿堂摇动起来,接着,天地塌陷,世间的一切沉入了无穷无尽的黑暗中。

他醒了过来,躺在黑暗里,一时无法从梦中完全挣脱出来,人在幻境和现实之间游移着、彷徨着。梦里的一切,缤纷而恍惚,残破而真切,而最后看到的景象,令人心骇神悚。

那受祭者的脸,分明就是自己的面容。

子夜刚过,四周黑暗无限,寂然一片。他意识还模糊着,心智却已清澈,内心深处充满了惶恐悚惧。

就在那时,他感到,脚底隐隐生出一股寒意,顺着血脉,潜潜上行。

太阳出来了,霞光万道,远山在瞬间变成一片青绿。

子贡在山顶找到夫子时,正是日出之时,见夫子一人拄杖,立在山巅,迎着朝阳,身披霞光,自背后望去,有一种光芒万丈的感觉。

见是子贡来了,孔子叫着他的名字说:"赐啊,怎么这么晚才来呀?"

"天亮了,到处找不到夫子,没想夫子走得这么远,到这山上来了。"子贡说。他已过了不惑之年,老成许多,服饰衣着也不像当年那样鲜亮新潮了,当然,质地仍是十分考究。他刚从卫国回来,在那边将子路重新安葬,回来听说夫子身体不好了,一早就过来问安。

孔子说:"怕是再晚一点,我就见不到你了。"

子贡听了一惊:"夫子何出此言?"

孔子默然无语,仍眺望远方。过了一会儿,他才转过身来说:"我七十三岁了,时日不多了。昨天夜里,我又做了那个梦,梦见自己被奠于两柱之间。夏人殡于东阶,周人殡于西阶,殷人在两柱之间。我生不逢时,只能当殷人了,大概做不成周人了。"

子贡赶紧说:"夫子一向不语怪、力、乱、神,今天怎么也释起梦来了?"

孔子摇了摇头,继续说:"歌里不是这么唱的吗?泰山坏乎!梁柱摧乎!哲人萎乎!说的不是我吧?"

"人死后,不知还有没有知觉?"子贡想打个岔,问个哲学问题,把夫子从自己要死的念头里引出来。

孔子微笑着,说:"这事死后便知。"又指着前方遥远处,对子贡说:"你看那边。"

"山吗?"

"山那边。"

"云雾吗?"

"云雾后面。"

"云雾后面,还是云雾啊。"子贡说。他什么也看不见。

孔子仍手指着远方,在阳光下,眯上眼,脸上洋溢着幸福的表情:"看到了吗?山那边,云雾后面,阳光照耀的地方,有山,有川,有村庄,有房舍,有田野,有池塘,有成片的桑竹,家家门前养鸡畜豚,院后植桑种麻……我看见了,可惜,走不到那里了。"

子贡顺着夫子所指的方向,望出去,除了山和云雾,还是什么也看不见。他觉得夫子今天有点怪,尽说些不着边际的话,劝慰了一番,便扶他下了山。

这是一个艳阳天。暮春时节,阳光明媚,风柔云淡,草木葱茏,万物蓬勃。

孔子坐于堂内,沐浴在从窗子照射进来的阳光里,却没有感到融融的暖意。脚底的寒意,升腾而上,越过两膝,向腰背蔓延,两腿麻木起来,渐渐没有了感觉。

他想起,很久以前,也是这样的季节,曾和几个弟子坐在院子里,畅谈人生理想。记得那天有子路、冉求、公西华,还有曾点。那时,弟子们青春年少,风华正茂,自己也盛年英姿,意气风发。大家志向高远,抱负不凡。他还记得,子路想率千乘之师,驰骋疆场,争战中原;冉求想治理一个小国,先谋温饱,再兴礼乐;公西华的志向是当一名小相,主持宗庙之事,参与盟会之礼;只有曾点的想法特别,想在暮春时节,换上春服,和五六个成年友人、七八个少年朋友,浴于沂河,风乎舞雩之台,黄昏时,踏着夕阳,一路歌咏而归。当时自己听了,许久沉浸在向往之中。现在正是暮春时节,孔子望了望窗外,只见田野青翠,菜花金黄,小河蜿蜒,远山连绵,他多想去郊野一游啊。可是,他走不动了,连站立起来都难。

午后,曾点、曾参父子来探望夫子,见夫子坐在书案后,倚在窗旁,眉头微皱,双目紧闭,正在午寐。日影西移,人在阴影之中,浑身周边,泛着微光,晶莹明亮。大堂里空空荡荡。夫子久不授课,长桌短席、条案板凳,都被堆放在壁前墙边,安静无声,乖巧整齐,似乎默想着当年的热闹与喧哗。

父子俩肃立一旁,不敢出声,怕打扰夫子休息。

"参呀,那个问题,我想了好久,"孔子突然睁开双眼,目光炯炯,望着曾参说,"你父亲是对的。父为子隐,子为父隐,直就在其中了。"

曾参知道,夫子在说当年叶公丢羊之事。叶公府中的羊羔走丢了,被老父吃了。作为儿子,该去向官府告发还是该替老父隐瞒,他和父亲有过激烈的争论。他认为,虽是儿子,也应该去告发父亲,这是一个有关国法的是非问题,为了大义,只能灭亲。父亲曾点不以为然,他说,不孝之子,谈什么大义呢?他文化不高,说不出更多的道理来了。当时,在这个问题上,夫子没说什么,只是替他们父子把事情遮掩过去了。

"如此这般,置国法于何地呢?"曾参问。

"悖于亲情,法又何容呢?"

"夫子的意思是情先于法?"

孔子微笑着说:"人性如此,不是吗?"

曾参若有所思:"如此说来,家先于国,父子先于君臣了?"

孔子微笑不语。

一旁的曾点不知道他们在说什么,急急地说:"别乱问了。夫子说的,一定错不了。"

黄昏时分,阳光散淡开来,又渐渐被浮云遮掩,天色时明时暗,一点点黑了下来。

孔子感到那股凉意,已到了胸部,正弥漫开来,寒意浸透了五脏六腑,一点点逼向两臂、双手。

他唤来子贡,让把弟子们都请来。

弟子们纷纷赶到时,孔子已卧床不起。内屋满是心焦不安的弟子,外堂也很快挤满了人,庭院里还站着一片。

屋里掌上了烛灯。公冶长扶着,孔子坐起身来,倚在床头,人很虚弱了,目光也暗淡了许多,只是像烛灯的火苗,不时闪亮。

"天下无道久矣!"孔子说,气息微弱,"我说的道理,除了你们,没有人要听。"

子贡说:"夫子,日月也,高不可及,旁人只能仰望,跟攀不上,也是可以理解的。"

孔子摇着头,说:"吾道穷矣!走到了尽头,还是没走通啊!一生做人,真是很失败啊!"

子贡赶紧又说:"夫子,圣人也,天下仰之,怎么是失败呢?"

"圣人？我岂敢？"孔子叹息了一声，说，"我最多是一个君子。其实，我只是想好好做人罢了。"

说着，问道："颜路在吗？"

颜路忙应道："夫子，我在。"他拄着拐，颤巍巍地从门外挤进屋里，屋里的人赶忙给他让出路来。

孔子拉住颜路的手，动情地说："我一生没做过什么后悔的事儿，只有一事让我心里不安，那就是没有卖掉自己的马车，为颜渊购一副棺椁。"

颜路听了，落下泪来，一边拭泪，一边说："夫子，你还提这事干吗？你是对的，回儿不是大夫，不该用椁啊！我那是违礼之请。"

孔子说："礼自情出，矫情才是违礼。我一生只知尊礼，不知循情，想来惭愧呀！颜渊视我如父，我却不能像父亲一样，为他好好办一场丧事。"

颜路老泪纵横，说："回儿临终时说，能跟随夫子，是他一生之幸。可惜命短，等不到大道行于天下之日了。"

孔子说："我也等不到那个日子了。这就是命吧？人生拗不过的就是自己的性命。为大道行于天下，我求诸仁义，探究天意，可惜不懂的，就是这'性''命'二字。道自本性，天即运命，世间的道理，尽在这性命之中。这些道理，以前不懂，行事一直拗着，到头来，一事无成。现在懂了，可惜太晚了。我等不到大道行于天下之日了。"

孔子停住了，闭上双眼，沉浸在悲哀里，许久，才睁开眼睛，又说："我整理好了《诗》《书》《礼》《乐》《易》，还有《春秋》，留给你们。书在，道亦在。我死后，大家就不要再守在这里了。"

屋里屋外的弟子齐声说道:"我们永远守在夫子身边。"

孔子费力地摇摇头,说:"你们走向四方,大道就会行于天下了。"

弟子们听得顿时伤心起来,一片静默中,有人失声痛哭起来。

当天夜里,孔子睡着后,进入了弥留状态,全身渐渐凉透,人再也没有醒过来。

七日后,曲阜的居民,清早起来就听到城西南阙里一带哭声震天,哀音恸地。出门一看,只见道上街旁,到处是披麻戴孝之人,白花白圈,白幡白旗,忽地白了半个都城。大家互相打听,才知道昨夜孔家老夫子死了,弟子们正在哀悼。让人没想到的是,出殡那天,孔氏弟子一共来了三千多人,送葬的队伍,吹吹打打,浩浩荡荡,横贯了全城,前头的人到了墓地,后面的人还没出城。葬礼隆重,连鲁君都亲临吊唁,弄得城里的百姓全迷惑了,不知孔老夫子到底是一个什么官。

葬礼之后,弟子们将夫子葬在了城北泗上。众人守丧三年,然后一一散去,只有子贡,在夫子墓旁盖了一间茅屋,在那里守了整整六年。六年后,在一个细雨蒙蒙的早晨,他凄然离去,独自西行南下,不知所终。后来,有人说曾在卫都帝丘城里见过他,也有人说在楚国郢都遇到过他,都说他还在做买卖。有传言说,他每次讨价还价之前,总先要给人讲解《论语》精义,如果对方肯听,他的价钱就会让许多;要是对方听懂了,他的货物就可以买一送一。许多小商小贩知他有这怪癖，蜂拥而至，踊跃听讲，赚些轻松银子。他从不计较，买卖倒一直兴隆。

孔府旧宅，如今人去屋空。庭院里，荒草蔓生，野花杂开，夫子衣、冠、车、书等旧物，陈放原处，一如生时，只是蒙上了一层厚厚的灰尘。

据邻里百姓讲，那府宅内，虽早已无人，白日里却常常传出讲习诵读之声，更时有笙乐弦歌，喧闹不断。那声音，细细碎碎，如丝如片，沉潜地上，飞扬空中，乍闻似有，细听却无，无论寒暑，一直隐隐不绝。二百五十年后，秦始皇的百万铁骑，随着秋风，横扫齐鲁，一把火将孔府旧屋烧了大半，那人声乐音，才沉寂了下来。到了第二年春暖花开之时，那府宅内的声音，又隐隐约约地飘荡出来。

今天，你若到了曲阜，去那阙里之街，待游客散尽，只要站在孔庙东墙之下，闭目凝听，寂静之中，仍可听见那空中隐隐传来的诵读之声和笙乐弦歌。

书中人物

孔子（公元前551—前479年）
名丘，字仲尼，鲁国陬邑人。

家人
叔梁纥：姓孔，名纥，字叔梁。孔子父。
颜征在：孔子母。
孟皮：字伯尼，孔子同父异母之兄。
亓官氏：孔子妻，宋人。
孔鲤：孔子之子，字伯鱼。

弟子
颜渊：姓颜，名回，字渊。鲁人。少孔子30岁。
子路：姓仲，名由，字子路。鲁人。少孔子9岁。
子贡：姓端木，名赐，字子贡。卫人。少孔子31岁。
冉求：姓冉，名求，字子有。鲁人。少孔子29岁。
颜路：姓颜，名无繇，字路。早期弟子，颜渊之父。少孔子6岁。

曾点：姓曾，名点，字子皙。鲁人。早期弟子，曾参之父。

曾参：姓曾，名参，字子舆。少孔子46岁。

樊迟：姓樊，名须，字子迟，亦称樊迟。鲁人。少孔子36岁。

宰予：姓宰，名予，字子我。鲁人。少孔子29岁。

公冶长：姓公冶，名长，字子长。齐人。为孔子之婿。

子夏：姓卜，名商，字子夏。晋人。少孔子44岁。

子张：姓颛，名师，字子张。陈人。少孔子48岁。

子游：姓游，名偃，字子游。吴人。少孔子45岁。

仲孙阅：姓仲孙，名阅，又称南宫敬叔。鲁大夫孟僖子之子，孟懿子之弟。

颜浊邹：姓颜，名庚，字浊邹。卫人。

公良孺：姓公良，名孺，字子正。陈人。

颜刻：姓颜，名高，字子骄，又称颜刻。鲁人。

公西赤：姓公西，名赤，字子华。鲁人。少孔子42岁。

司马牛：姓司马，名耕，字子牛，亦称司马牛。宋人。传为宋司马桓魋之弟。

高柴：姓高，名柴，字子羔。卫人。少孔子30岁。

公伯寮：姓公伯，名寮，字子周。鲁人。

闵损：早期弟子。

冉耕：早期弟子。

琴张：早期弟子。

鲁君

鲁襄公：姬姓，名午。前572—前542年在位。

鲁昭公：名裯。襄公庶子。前541—前510年在位。

鲁定公：名宋。襄公之子，昭公之弟。前509—前495年在位，曾命孔子为大司寇，摄领相事。

鲁哀公：名将。前494—前468年在位。

鲁大夫

季武子：季孙氏，名宿。鲁国公卿，曾两次"三分公室"。

季平子：名意如。季武子之孙。

季桓子：名斯。季平子之子。

季康子：名肥。季桓子之庶子。

孟僖子：鲁国大夫。孟孙氏，孟懿子和南宫敬叔之父。

孟懿子：姓仲孙，名何忌。孟僖子之子，仲孙阅（南宫敬叔）之兄。

鲁人

阳虎：又名阳货。季氏家臣。

公山弗扰：季氏家臣，后为阳虎家臣。

挽父：季府马夫，曾教孔子赶车。

师襄子：鲁国琴师，曾教孔子弹琴。

师己：鲁宫廷乐师，孔子之友。

诸侯

齐景公：姜姓，名杵臼。齐国国君。

卫灵公：姬姓，名元。卫国国君。

卫庄公：名蒯聩。卫国国君，卫灵公之子。

卫出公：名辄。卫国国君，卫灵公之孙，卫庄公之子。
陈闵公：妫姓，名越。陈国国君。
叶公：姓沈，名诸梁，字子高。楚国大夫，封于叶地，有"好龙"之名。

其他

南子：卫灵公夫人。

宋朝：宋国公子，南子的旧爱。

公孙余瑕：卫灵公近臣。

弥子瑕：卫宫宠臣。

雍渠：卫宫宦官。

公叔戍：卫国大夫，曾在蒲邑叛乱。

孔悝：卫国大夫，曾执政。

桓魋：宋国大将军。

老子：姓李，名耳，又名聃。周守藏史。

庚桑楚：老子助手。

晏婴：齐相，有贤名。

赵鞅：晋国公卿。

佛肸：中牟之宰。

桀溺：隐士。

长沮：隐士。

接舆：楚国狂人。

纪弦：陈国大夫。小说人物。

杜能：蔡国大夫。小说人物。

附录

一、孔子的殷人意识

如果孔子内心有什么隐秘的话,那一定是深藏心底的殷人意识。

孔子一心向往周朝,将自己所有的政治理想都寄托在那个逝去的辉煌王朝。他曾由衷地赞叹:"郁郁乎文哉,吾从周。"(《论语·八佾》)他甚至说:"如有用我者,吾其为东周乎?"(《论语·阳货》)孔子又一生仰慕周公,因为正是周公设计和创制了周朝的一整套政治制度和礼乐文化。对周公的热爱,竟能让孔子常常梦见周公。晚年时,他还在感叹:"甚矣,吾衰也!久矣,吾不复梦见周公!"(《论语·述而》)意思是说自己太衰老了,以至于近来不再梦见周公了。

但是,历史上的周朝,对于殷商后裔,包括孔子的先祖们,并不是一个天堂般的世界。在一个周人掌权的社会,殷人的社会地位不断下降。孔子的家族就是最好的例证。

周代的贵族等级,天子之下,分为四等。诸侯一等,即各国国君;公卿二等,即宗亲国戚,有食邑;士人三等,有俸禄;庶民四等,即无爵无禄的百姓,耕田务农,做工经商。

武王伐纣,灭商建周。殷商旧族被置于宋国,但还能享受贵族待遇。孔子的第六代祖先，还是宋国的上卿。孔氏后因宋变而奔鲁，孔子曾祖父一辈，已为人家臣，属士人阶层了。到了孔子这一代，几乎沦为庶民。孔子说："吾少也贱，故多能鄙事。"（《论语·子罕》）这是实话。庶民没有食邑俸禄，需要自己谋生。孔子年轻时，当过"委吏"，就是管理库房；还做过"乘田"，就是放养牛羊。传说还当过吹鼓手，为人出殡送葬。

如此看来，孔子对周朝的向往和周公的崇敬，显然是基于政治理念，超越了个人经验和氏族立场。

孔子难道忘记了自己的殷人身份？没有。

据司马迁《史记》记载，孔子临终前，告诉子贡，自己做了一个奇怪的梦："昨暮予梦坐奠两柱之间。"他又解释说："夏人殡于东阶，周人于西阶，殷人两柱间。"（《孔子世家》）孔子梦见自己死后，灵柩停放在大厅的两柱中间，受人祭奠。按照礼俗，夏人殡于东阶，周人殡于西阶，殷人则停灵受奠于两柱之间。这个梦的重要性，不在于孔子对死之将临的预感，而在于潜意识中对自己殷人身份的最终确认。他最后对子贡说，"予殆殷人也"——我终究还是殷人啊！

《论语》中，记录了子贡的一段话，为暴君商纣王做了不寻常的辩护。他说："纣之不善，不如是之甚也。……天下之恶皆归焉。"（《论语·子张》）意思是说，纣王的不善，没有传说中的那样厉害。一个人成了坏人，大家就会把所有的坏事都算到他身上。孔子对此是什么态度呢？《论语》中没有记载，大概是赞同的，至少没有异议。

胡适在《说儒》一文中说高冠、博带之"儒服"，就是古服，而那时的古服就是"殷服"。孔子也曾对鲁哀公说，他"不知儒服"，而"其服也乡"（《礼记·儒行》）——只是穿着家乡的衣服。孔子的老家是宋国，那是殷商遗民之地。这说明，孔子穿的"儒服"，其实是殷人衣冠，多少有点故国之思。

孔子的殷人意识，还直接体现在他的政治诉求中。他的"兴灭国，继绝世，举逸民"（《论语·尧曰》），一向被视为是"复古"或"复辟"的纲领，但从殷商遗民的角度来看，这更像是一个被统治族群要求恢复权利的呼声。"兴灭国"，就是恢复被灭亡的国家。"继绝世"，就是延续已断绝的世族。"举逸民"，就是起用那些流散在民间的人才。这难道不是在说殷商旧国、孔氏家族和孔子自己吗？

孔子理智上向往着周王朝所代表的礼乐文明，情感上却无法摆脱对自己殷人身份的认同。在他的内心深处，是否也有着理智和情感的冲突？

二、"子曰"之谜

《论语》中,满篇"子曰",除了个别章节有"孔子曰"出现,孔子之言,皆以"子曰"标明,好像孔门弟子以为天下人都该知道他们的老师是谁。

这是有点奇怪的事情。春秋之时,百家争鸣,诸子层出不穷,数量众多。诸子之书,无论是自著,还是弟子记述,都是"某子曰"。那时的儒家学派,远没后世影响巨大。孔老先生生前只是一位失意人士,虽有些"出名",但多被大家当作笑话传诵,不像今天这样德高望重,名扬海内外。

当然,称"子"而不称"孔子",显示了弟子们对老师的尊敬。我们知道,古时,称名不如称字尊敬,称字不如不称尊敬。《论语》中,只有《子张》篇和《泰伯》篇里,几处用了"孔子曰",并称"仲尼"。这些章节里记录的多是子张、子夏、子游等后辈弟子之言,其中,曾参亦被称为"曾子",可见是再传弟子们所撰。他们对早期弟子定下的"子曰"之体例,未能体悟深意,一不小心,"子曰"就被"孔子曰"替代了,出现了不一致。

为什么是"子曰",而不是"孔子曰"呢?这背后有没有

二、"子曰"之谜

什么特别的原因呢?

说起来有点好玩,孔子的先祖其实不姓"孔",而姓"子"。

这要从孔子宋国"树下习礼"说起。孔子周游列国,途经宋国时,带着弟子们在都城外的一棵大树下"习礼"。这次"习礼"的时间、地点都不寻常。其时,宋国大司马桓魋正在追杀他。据说,桓魋性喜奢靡,还想"不朽",为自己打造了昂贵的"石椁",孔子却以他为"不仁"之例,骂他"速朽"。孔子的言论传了出去,让桓魋怀恨在心,一直伺机报复。孔子过宋,不敢进城,只能躲在城外。

那么,孔子为什么一定要在那个时候带着弟子在"树下习礼"呢?

这是因为宋国的都城,对孔子来说,有着特别的意义。宋国是殷人故国,而都城商丘一带,正是当年殷人始祖商汤发祥之地。商汤在此建商立都。商朝传到最后一代,便是暴虐的纣王。纣王的庶兄微子,是第一代宋王,其弟微仲衍,相传就是孔子一支的祖先。因此,纣王与孔子有一点亲戚关系,殷商的始祖也是孔氏的远祖。

这"树下习礼"是有深意的。"习礼"者,就是演习各种礼仪,其中,自然以祭礼为主。实际上,孔子带着弟子"树下习礼",是在祭祀殷人的始祖商汤。

这次"习礼",差点为孔子引来了杀身之祸。桓魋派兵追杀,孔子师徒侥幸逃脱。桓魋没能杀掉孔子,只好"拔其树"以泄愤。

商王一系,皆为"子"姓。孔子的祖先,也一直以"子"为姓,直到孔子之上的第六代,因五世亲尽,家道中落,才不得不改姓为"孔"。

　　细观"孔"字,也是由"子"和"乚"组成。《说文解字》解释:"乚"(háo)者,"玄鸟也"。《诗经》中有《玄鸟》一诗,就是祭祀商王的乐歌。

　　《论语》中"子曰"的背后,也许真藏着孔子内心深处的某种隐秘?

三、为什么"不亦乐乎"?

《论语》开篇云:"学而时习之,不亦说(悦)乎?有朋自远方来,不亦乐乎?人不知而不愠,不亦君子乎?"(《学而》)

这段话的主旨,历来解说纷纭,以"学习"解释为多,并微言大义,解释为儒学的"入道之门",但是,后两句话,说的似乎又不完全是学习。

这三句话之间的内在联系在哪里呢?

我们知道,《论语》是语录体,许多"子曰"是孔子对弟子的问答。这开篇之语,显然也是孔子在回答弟子问题。弟子问的是什么问题呢?是问怎样学习吗?好像不是。是问交友或是君子操守吗?好像也不是。

我以为,从"不亦说(悦)乎"之"悦"和"不亦乐乎"之"乐",到"不亦君子乎"之"君子",可以推断,弟子最可能提的问题是:"君子有什么快乐吗?"

当年的情景也许是:弟子问,君子有什么快乐吗?

孔子答道:有啊!有书可读,不快乐吗?有朋友来,不快乐吗?不求闻达而内心平静("不愠"),不也是快乐吗?

仔细品味这三句话,可以发现其中的关联性。这三句话是讲君子处在三种不同境况——独处、交游和入世，都会有自己的快乐。

君子独处而不怕孤独，书籍会带来快乐；君子也不会孤独，远方的朋友会带来快乐；君子入世，即使无人理睬，心中的快乐也无人能夺走。

对孔子来说，快乐一直是儒学的重要命题之一。他称赞陋巷里的颜回，说他箪食瓢饮，"不改其乐"（《论语·雍也》）。同样的话，他也说过自己："饭疏食，饮水，曲肱而枕之，乐亦在其中矣！"（《论语·述而》）到老了，孔子还说自己"发愤忘食，乐以忘忧"（《述而》）。孔子要求弟子不仅要"安贫"，更要"乐道"，并总结说，"知之者不如好之者，好之者不如乐之者"（《雍也》）。

一点没有快乐，谁会来做君子呢？孔子又怎么可能有三千弟子呢？人类所有的追求，都是向往着快乐，"天下大同"不就是一个快乐世界吗？

四、《论语》的三重语境

《论语》记录了孔子一生言行,共二十章,编排似无"章法",但综观全书,却可看出其中有三重语境:青年的激昂之语,中年的成熟之论,老年的悟道之言。

人年轻时,多有激昂之语,孔子亦如此。他说"不义而富且贵,于我如浮云"(《论语·述而》),那是少年豪情;他说"富与贵,是人之所欲也,不以其道得之,不处也"(《论语·里仁》),那是青春壮志。他发出"是可忍,孰不可忍也"(《论语·八佾》)的呼喊,则多少有点"愤青"的意思了。

人到中年,现实感增强。孔子说:"富而可求也,虽执鞭之士,吾亦为之。如不可求,从吾所好。"(《论语·述而》)对自己的人生道路,已有两手准备。

《论语》中,孔子更多的是说仁论政,谈史评人,显示的是中年的成熟与深刻。其中,有平实的人生哲理,如"人无远虑,必有近忧"(《论语·卫灵公》),又如"欲速则不达"(《论语·子路》);也有实用的政治智慧,如"名不正则言不顺,言不顺则事不成"(《子路》),又如"敬鬼神而远之"(《论语·雍也》)。

老年是孔子真正悟道之时。他说自己五十读《易》，开始"知天命"。孔子一向"不语怪、力、乱、神"，对"天命"却一直敬畏。

晚年的孔子在思考什么呢？《论语》里没有多少记载，但从子贡的一段话里，我们可以窥见，他思考的是"性与天道"。

子贡说："夫子之文章，可得而闻也；夫子之言性与天道，不可得而闻也。"（《论语·公冶长》）

"性与天道"，是当年哲人们探究的最为高深的终极命题。老子《道德经》讨论的就是这一题目。作为同时代人，孔子以博学著称，对这一问题不可能没有自己的观点和解说。

晚年时，孔子的思考，从政治伦理上升到了哲学本体，达到了一生思想的巅峰。

遗憾的是，《论语》并没有详尽记下孔子晚年的思想和论述。为什么呢？一个可能的解释是，当时没有弟子跟得上他的思想高度了。

子贡一再感叹说："仲尼，日月也，无得而逾焉。"又说："夫子之不可及也，犹天之不可阶而升也。"（《论语·子张》）

聪明如子贡者，尚且不懂夫子晚年之思，子路等其他弟子就更不用说了。当年，唯一能理解孔子的，大概只有颜渊。他对夫子之学的理解和感受，显然与众不同，独有心得。他说，夫子之学，"仰之弥高，钻之弥坚，瞻之在前，忽焉在后"（《论语·子罕》），不但高深，而且玄妙。可惜，颜渊早亡，没能将孔子晚年有关"性与天道"的学说传承下来。对于颜渊之死，孔子的伤心超乎寻常。他说"天丧予"，恐非虚语。

晚年的"性与天道"之学，弟子中无人能传，孔子内心里不是没有苦闷和失望的。一天,孔子对子贡说:"我不想再说话了。"子贡有些慌张,说:"如果夫子不说话,我们学生又能传述什么呢?"孔子反问道:"天何言哉?"(《论语·阳货》)又感叹说:"知我者其天乎?!"(《论语·宪问》)

今天,我们从《论语》中看到的孔子,有青年的孔子,更多的是中年的孔子,而晚年的孔子,只是隐约闪现在那些词句缺失的文字中。这就像一座高山,我们看到了起伏的山峦,顶峰却在云雾中。

五、颜回的逻辑

孔子最喜爱的弟子是颜回,这不仅因为他对老师的学说领会得最快、最深,更在于他能在关键时刻坚定不移地捍卫老师。

这关键时刻,就是陈蔡绝粮之时。周游列国途中,孔子和弟子们被一群不明身份的歹徒围困在荒山野岭,断粮多日。生死关头,弟子们开始动摇了,对老师的学说产生了怀疑。

最先表示怀疑的是子路。他心直口快,直截了当地问孔子"君子亦有穷乎",意思是君子一定要像我们这样穷困潦倒吗?孔子听出子路问话中的不满,有针对性地回答说:"君子固穷,小人穷斯滥矣。"(《论语·卫灵公》)意思是说,君子穷困,能守得住;小人穷困,就守不住了。

但是,孔子知道,弟子们心中的怀疑必须消除,不然就会信心崩溃。

他把弟子们叫来,和他们谈《诗》。他谈的是《小雅·何草不黄》中的一句诗:"匪兕匪虎,率彼旷野。"意思是:不是野牛猛虎,为什么会困在旷野中呢?孔子对弟子们说,这诗说的好像是我们。我们做错了什么事情,要落到今天这样的境地?

五、颜回的逻辑

傻乎乎的子路不懂夫子的心思，仍然抢着说："我想，一定是我们没达到仁，所以人家才不信我们；我们也没达到智，所以做事总是不顺。"

这个回答当然不合孔子的心意，孔子听了摇头，说："真是如此吗？要是仁者人皆信之，就不会有像伯夷、叔齐那样饿死的贤人了；要是智者事必行之，也不会有王子比干那样被杀的能臣了。"

一旁的子贡试着说："夫子之道，是不是过于高深了？天下所以不容夫子。夫子是不是应该稍稍降低标准试试？"

孔子听了，也不以为然，说："不对。良农播其种而不管收获，良工精其技而不问时尚。有求容之心，说明志向不远啊！"

这时，颜回站了出来，坚定地捍卫了老师。令人惊异的是，不是他对孔子的捍卫，而是他捍卫的逻辑。

颜回说："我们落到如此境地，不是夫子错了，是我们错了，是天下君王错了！夫子之道不能推行，是我们孔门弟子的羞耻；各国不用夫子，是君王们的耻辱。天下不容夫子，正说明夫子之道至高至大。天下不容怕什么？天下不容，方显君子本色！"

颜回的话显然说到孔子的心坎上了。据司马迁《孔子世家》记载，当时孔子的反应是"欣然而笑"，一高兴，竟然说出"有是哉！颜氏之子！使尔多财，吾为尔宰"。意思是，"说得多好！颜家小伙子。将来，你先富起来的话，我来替你理财"——君子不一定永远穷下去啊！

六、宰予的挑战

《论语》里,宰予因"昼寝"挨夫子骂而出名。不过睡了个午觉,孔子生气,说说弟子是可以的,但老人家的话说得实在有点过了,什么"朽木不可雕也",什么"粪土之墙不可圬也"(《论语·公冶长》),一向温柔敦厚的夫子,突然变成"毒舌",说了许多狠话,令人难解。不就是睡了个午觉,至于如此发飙吗?当时孔子不会被其他什么事气糊涂了吧?

其实,孔子对宰予的不满,郁积了很久。孔门之中,宰予是唯一敢在思想上挑战夫子的弟子。

宰予最初的挑战,是在课堂上关于"井有仁焉"的辩论。他提了一个刁钻的问题:要是有人落井,跳下去救,必一起死,是仁;不跳下去,见死不救,是不仁。这井该不该跳?

这是一个逻辑的陷阱。宰予想看看夫子会不会往下跳。

孔子一下子被问住,深思熟虑了好一会儿,才慢慢说:"何为其然也?"为什么一定要这样呢?可以想想别的办法救嘛,不一定非要跳井啊!君子可以被别人欺骗,但不能自己犯傻啊!(《论语·雍也》)

孔子没有直接回答宰予的问题。他没有往"井"里跳,而是从井边绕了过去。

宰予的另一次挑战,是关于儒家"守丧三年"的礼制。宰予感到三年丧期太长,专门去问孔子,还发挥说:"君子三年不为礼,礼必坏;三年不为乐,乐必崩。"

这次,孔子回答得很直接:"于汝安乎?"这是问宰予:不"守丧三年",你安心吗?孔子认为孩子出生三年后,才能离开父母的怀抱。父母离世,子女为父母守丧三年,是天经地义之事。不想宰予却回答:安心。孔子只好说:"安则为之。"宰予走后,孔子感叹说:"予之不仁也!"对他的印象变得更差了。(《论语·阳货》)

宰予说的是事理,孔子讲的是情理,各有各自的理。平心而论,宰予的主张更实际一些,但他一副"吾爱吾师,吾更爱真理"的样子,很难让夫子高兴。

再后来,宰予居然怀疑起三皇五帝的"神话"了。他问孔子:听说黄帝活了三百岁,黄帝到底是人呢,还是非人?他怎么可以活三百岁呢?(《礼记·五帝德》)这个问题有点科技含量,不好回答,气得孔子说:"予非其人也!"意思说,宰予根本不是能讨论这个问题的人!

《史记·仲尼弟子列传》形容宰予"利口辩辞"。的确,宰予的能言善辩,不在子贡之下。孔子开始很欣赏他,后来却承认自己"以言取人,失之宰予",并得出人生的一大教训:对人,要"听其言而观其行"。(《论语·公冶长》)

孔门之中,像宰予这样的异端,绝无仅有。孔子虽不喜欢他,却从没有要将他逐出孔门之意。有意思的是,《论语》也详细记录了宰予的一次次诘难和夫子对他日益增加的不满,而没有像今人那样，努力将不喜欢的人和事从历史中抹去。

　　宰予的结局并不好。据《史记》记载，他后为齐国大夫，卷入内乱，终被"夷其族"。像多数异端人物一样，宰予的命运，并不令人意外。

七、由"仁"入"圣"

"仁"是孔子学说的核心。"仁"字由"人"和"二"组成,《说文解字》释"仁":"从人从二"。二人者,人与人之关系也。仁的本质,就是人与他人的关系。

孔子说了:"仁者,爱人。"人有各种,仁亦多样。人的社会地位不同,角色转换,人与人的关系也就复杂多变。仁者之"爱人",于是有了不同形式:于父母,是孝;于兄弟,是悌;于夫妇,是情;于子女,是慈;于君王,是忠;于朋友,是信;于他人,是诚。

"仁"的一个特点是其内在性。孔子说:"仁远乎哉?我欲仁,斯仁至矣。"(《论语·述而》)仁离我们远吗?不远,只要一想到仁,仁就到了。为什么?因为仁就在每个人的心中。

"仁"的另一特点是其被动性。"仁"之"爱人",就是孔子说的"己所不欲,勿施于人"(《论语·颜渊》)。不是"我对你好",而是"我不对你不好"。

求"仁"于内,就是"忠"。"忠"者,正心诚意。行"仁"于外,就是"恕","恕"者,接人待物。孔子对曾参说,"吾道一以贯之"。曾参的体会是,"夫子之道,忠恕而已矣"

(《论语·里仁》),真是很好的总结。

由于"仁"的内在性和被动性,通往"仁"的最佳途径似乎就是"克己"。

"克己"就是克制自己。这是对所有人的要求,不单是民众要"克己",君王也要"克己"。人在社会上扮演着不同的角色,不同的社会角色有不同的要求。"君君臣臣,父父子子",就是要求君要有君的样子,父要有父的样子。当然,人的社会角色会转变,君不一定永远是君,而父总是由子变来的。

"克己"即"复礼"。"礼"是人与人之间复杂关系的准则;"复礼"即"为仁","礼"基于"仁","人而不仁,如礼何?"(《论语·八佾》)因此,孔子说:"克己复礼为仁。一日克己复礼,天下归仁。"(《论语·颜渊》)

这些道理在逻辑上讲得通,在实际中却行不通。为什么?因为"克己"不易,让别人"克己"更难。

孔子认为,仁者不能只顾自己达"仁"而弃民众于不顾,需要教导和帮助民众。孔子对子贡说:"夫仁者,己欲立而立人,己欲达而达人。"子贡问:"如有博施于民而能济众,何如?"孔子说:"何事于仁,必也圣乎!"(《论语·雍也》)意思是说,那不仅仅是"仁"了,那是"圣"了。

求仁得仁,易;由仁入圣,难。

八、不敢言"圣"

孔子晚年和弟子谈起自己的一生,曾感叹"若圣与仁,则吾岂敢"(《论语·述而》)。意思是说,自己没有达到"圣与仁"。他说自己没有达到"圣",是实话,但说不敢称"仁",则是老人家谦虚了。

"仁"是个人通过学习而能达到的一种境界,而"圣"就不同了,"圣"是将"仁"普及于民众并能推行于社会的成功实践。

历史真的给了孔子一次机会,让他由"仁"入"圣",尝试了一下自己的"仁政"理念。五十五岁那年,他受鲁君之命,以大司寇之职代行相事,执掌鲁国朝政,开始了鲁国的"百日新政"。

据司马迁《史记·孔子世家》记载,执政不久,孔子颁布了几项重要的法令,一是有关农贸市场,上市买卖的猪、羊,一律实价,禁止讨价还价;二是有关社会风气,街上男女,一律分道,不许携手同行;还有一项涉及外交政策,凡各国宾客来访,无论是受邀还是自来,一律由官府接待,好吃好喝,有接有送。

这些法令，今天听起来，有点像是发改委管物价，街道居委会管男女恋爱，政府组织国际盛会来宣示我泱泱大国之崛起。

孔子的"鲁国新政"很快就失败了。为什么呢？因为逐利是商品的特性，更是商人的天性，天下不会有一个不逐利的市场；分道而行，既不能防止男女之间"发乎情"，更无法让他们一定"止乎礼"；而对国际友人好吃好喝地招待，显然解决不了各自对实际利益的争夺。

孔子想以"仁"为基础，在人与人之间建立和谐有序的关系，并由此构建一个"大同"社会。计划是完美的，可惜，他低估了人性。人性欲求无限，非"克己"所能改变。

孔子最后承认了自己在现实中的失败。这也许就是他说自己没有达到"圣"的原因。看来，对圣人而言，难的也是由"仁"入"圣"。

九、孔子的激进

今人看孔子，多见其"复古"，见其"守旧"，其实，回到2500年前，孔子却属激进一派。他对现实采取批判态度，有"不同政见"，还能看到未来。

春秋之际，诸侯一心想的是争霸天下，谋士们建言献策，谈的都是如何富国强兵。诸子百家中，兵家讲攻伐之道，法家说刑罚治国，墨子的"非攻"，研究的却是攻城之术，要"以战止战"，就连老子的《道德经》，虽为道家经典，"无为"中也暗含着"帝王术"。其中，只有孔子的政见卓然不同。他说，富国强兵，争霸天下，绝非"大道"，"仁政"才是"大道"。

可惜，没有君王愿走他的"大道"。君王自有君王的道理，但孔子不肯放弃自己的理念。"仁政"之路在鲁国行不通，他便毅然辞别父母之邦，周游列国，游说每一位可能给他机会的诸侯，甚至发出"道不行，乘桴浮于海"的毒誓。这完全是一个流亡者的作为，没有一点忠臣的样子。显然，他忠于的是自己的理念，而不是各国的国君。

孔子不仅执着于自己的理念，还将"仁政"上升为大道行于天下的"天意",并以"天意"来抗衡君王的"寡人之志"。正是这高悬于所有君王头上的"天意",将君王们置于被衡量和被评判的地位,千百年来,让皇权威压下的儒生士子,多少有一点抗衡君王的精神武器。

孔子的激进更体现在对"大同"之世的向往。他追寻的政治理想不是"天下一统",而是"天下大同"。在这一点上,他比同时代人看得更远。

"仁政"之路通向的是天下"大同"。对此,《礼记·礼运》篇里有着详尽的描述:"大道之行也,天下为公。选贤与能,讲信修睦,故人不独亲其亲,不独子其子,使老有所终,壮有所用,幼有所长,矜寡孤独废疾者,皆有所养……是谓大同。""大同"之世是一个托名于"复古"的未来社会,以"天下为公"为特征,人人都有生活保障,关爱他人,也被他人所关爱,有点社会主义性质,也有些"和谐社会"的色彩。

对天下"大同"更深的体悟,在《论语》"各言其志"一章。一天,孔子与子路、曾点、冉求、公西华等闲谈,让他们"各言其志"。子路抢先说,他能让弱国在三年里变为强国。冉求说,他能让穷国在三年里变为富国。公西华说,他更愿意主持宗庙祭祀、会盟典礼。待问到年纪稍长的曾点,曾点正在鼓瑟,一曲弹完,才缓缓答道:"自己的志向,与上面三位有些不同。"孔子鼓励他不妨说出来,大家"各言其志"嘛。于是,曾点说出了自己著名的向往:"暮春者,春服既成,冠者五六人,童子六七人,浴乎沂,风乎舞雩,咏而归。"曾点的描述,让孔子喟然而叹:"吾与点也!"(《论语·先进》)——我赞同曾点啊!

孔子赞同曾点所言，别有深意。宋儒说，从曾点描绘的景象中，可以看出"尧舜气象"，近人也说，其中蕴含"太平社会之缩影"。其实，更深一层说，在孔子看来，强兵也好，富国也好，文化建设也好，都是手段，人类文明社会的最终目标，应当是让人类回归最自然的嬉戏状态——就像两千多年后德国哲学家海德格尔所形容的，"人诗意地栖居"——那才是天下"大同"的最高境界。

　　孔子为中国人提出了一个终极梦想。像所有理想主义者一样，他在现实中不可避免地陷入了窘境，但他一个人的"大同"之梦，历经千载，超越时代，成为所有中国人的梦想，并最终会成为全人类的梦想。

十、《论语》中的三个小人物

《论语》中,有三个有趣的小人物,一个童子、一个青年和一位老者,不大被研究者所关注。

先说童子。乡里宴饮,席间有一童子,在宾主间传话,穿梭往返,应对灵活,赢得了很高的关注度。有宾客称赞道:"这孩子将来一定有出息。"一旁的孔子却另有观察,说:"吾见其居于位也,见其与先生并行也,非求益者也,欲速成者也。"(《论语·宪问》)意思是说,这个童子坐在成人之位,又与长辈并行,不是求上进,而是求速成。

孔子的观察,注意细节,着眼大处,眼光的确犀利。这个童子,是一个急于成功的孩子。

再说青年。青年名叫微生高,有"诚实"名声,并热衷于"做好事"。有一次,有人向他讨点醋,他家里没有,便跑到邻居家去要了点醋,当作自己的醋,再送给别人。孔子听说后,不禁感叹道:"孰谓微生高直?"(《论语·公冶长》)意思是说,谁说这个微生高诚实呀?言下颇有不以为然之意,对其品行心存怀疑。

的确,微生高"乞而与之"的行为,不免令人想到如今某些人"贷款捐献"的善举。

最后说说老者。老者名叫原壤,看来是孔子从小就认识的乡亲。孔子来看望他,他叉开双腿坐着,以一副"不雅"之态迎接客人。孔子被惹火了,毫不客气地训斥他:"你年幼之时,不讲孝悌;成年之后,又一事无成,无所称道。"最后忍不住骂了他:"老而不死,是为贼!"(《论语·宪问》)气愤之余,还用拐杖敲打一下他乱伸出来的小腿。

一向温文尔雅的孔子,很少骂人,除了骂过宰予"粪土之墙"外,再有就是这位原壤了,而亲自动手打人,"以杖叩其胫",似乎仅此一例。

孔子和原壤有过什么纠缠,不得而知,但从《论语》的记述来看,显然,原壤是一个"坏人变老"的典型。

汉代以来,儒生读《论语》,喜欢在"微言"中寻找"大义",其实,在"小人物"身上,也能看出"大人性"。

上面三个小人物,急于成功的童子、借贷行善的青年和坏人变老的老者,在今天的社会生活中,不是也还能看到吗?

十一、"耳顺"新解

孔子总结自己的一生,说:"吾十有五而志于学,三十而立,四十而不惑,五十而知天命,六十而耳顺,七十而从心所欲不逾矩。"(《论语·为政》)这段话,文通字顺,清楚明白,其中唯"耳顺"一词,颇为难解,有些突兀,可谓耳顺"不顺"。

关于"耳顺",历代多有解释,也多有疑义,择其要者如下:

1.听人说话,能够听出话外之音(郑玄"耳顺,闻其言而知其微旨也",何晏《论语集解》所引)。

2.听人逆耳之言,能够不再生气(皇侃"是所闻不逆于耳",《论语义疏》)。

3.听人言语,能够分辨真假、判明是非(杨伯峻《论语译注》,杨解释说,"耳顺——这两个字很难讲,企图把它讲通的也有很多人,但都觉牵强,译者姑且做如此讲解")。

的确,以上诸说,都有牵强之处,通而不顺。

孔子这段话,讲的是一个人在不同成长阶段所能达到的不同认知高度,特别是对"道"的感悟。从"学""立""不惑""知天命",到"从心所欲",是从一个层次跃上一个层次,直到"不逾矩"的境界。

"耳顺",置于"知天命"和"从心所欲"之间,应高于前者的层次,更是通往后者的途径。过往对"耳顺"的各种解释,显然不在这一递进的逻辑中。

再说,"耳顺"一词,未见于先秦其他典籍,孔子在一段明白如话的叙述中,突然加上一个费解的"新词",似乎也与情理语境不合。

因此,合理的推断是,"耳顺"之"耳",或是衍文,或是错字。

唐代韩愈对"耳顺"持异议,认为"耳"通"尔","耳当为尔,犹言如此"(《论语笔解》)。其说独标新义,只是未被广泛接受。

今人于省吾主张"耳"是衍文,是秦汉之际《论语》在口传手抄之时的"误衍",正文应为"六十而顺"。据说,敦煌残简中发现有唐人《论语》抄本残卷,其中写有"六十如顺"。虽说孤例不证,且唐人抄本也不具权威性,但这一发现,至少证明,"耳顺"可以没有"耳"字。

那么,"耳"字会不会是个错字呢?我的"大胆假设"是,"耳顺"之"耳",也许是"自"字之误,即"耳顺"可能是"自顺"。

理由如下:

首先,"耳"与"自",篆、隶形体相近,《论语》传抄之时,存在误录的可能。

其次,"自顺"一词,是当年齐相晏婴评论孔子和儒家的用语。孔子三十五岁时游齐,齐景公想用孔子,而晏婴以为不可,说,"夫儒者滑稽而不可轨法,倨傲自顺"(司马迁《史记·孔子世家》)。

自顺,就是自以为是。这似乎是春秋时对儒家的常见批评。《墨子》中也有类似的文字:"夫儒浩居而自顺者也"(《墨子·非儒下》)。不过,"自顺"一词,也带有褒义,《大戴礼记·文王官人》有言,"自顺而不让","有道而自顺用之"。

孔子对晏婴讥讽之言,大概有点刻骨铭心,晚年说自己"六十而自顺",也算是一种回击。

自顺,是自以为是,也是自信。既然"五十知天命",那么,"六十而自顺",就是更加自信了,坚信自己的人生使命。

六十岁前后,孔子在周游列国,曾于陈蔡绝粮,实在是一生中最为不顺之时。此时说顺,有点勉强,用"自顺"一词,倒很恰当。

若"自顺"之说成立,孔子这一段话也就完全顺了。"五十知天命",六十而"自顺"——既知"天命",自然要"顺天""信命",也不再自己拧巴了,从而达到"从心所欲不逾矩"的自由。

这段话里,孔子说的是"耳顺",还是"而顺",还是"自顺"呢?一时恐怕难有定论。也许,某日某地,忽然挖出一批春秋竹简,这个千古字谜才能找到答案。

十二、孔子退休

孔子到了耳顺之年,要办退休了。弟子中最会办事的子贡主动"服其劳",一大早进城替夫子代办。

午饭时,子贡回来,面有"色难"。

众人问:不顺利?

子贡:教师资格有问题。

子路性急:夫子三十多岁杏坛讲学,如今弟子三千,贤人七十二,咋就不是教师了?

子贡:说是办的是私学,不正规,最多算个补习班,未经官方批准,不追究非法办学就不错了。

众人:有没有教师资格不说,工龄总是要算的吧?

子贡:嗐,别提了,夫子周游列国,一走十多年,都没有档案呀,无法查证,总不能一国一国去开证明啊!

众人:这倒是……那么,职称总能解决吧?

子贡:夫子述而不作,虽有一本《论语》,但都是弟子们的课堂笔记,著作权不好定,另外编过的《诗》《书》,能不能算学术成果,真不好说。

堂内弟子们七嘴八舌,愤愤不平地议论起来。

孔子坐在临窗的几案旁，沉静不语，脸色渐渐凝重起来。

孔子：予欲无言。

子贡急了：子如不言，则小子何述焉？

孔子：天何言哉？！天何言哉？！

孔子直到七十三岁，也没办成退休，去世后，自然更办不成了。好在后来教师资格总算认定了，算作是第一个"民办教师"。职称不太好评，就给了一个"至圣先师"的称号。《论语》的著作权也没争议了——只是弟子们的言语和他人的议论，都归在"子曰"名下，有些散乱，直到两千五百多年后，有人重编了一本《新论语》，才算整理清楚。